ANECDOTES D'HIER

ET D'AUJOURD HUI

Saison 2

Hélène MACHERE

ANECDOTES D'HIER ET D'AUJOURD'HUI

ET D'AUJOURD'HUI

Saison 2

Hélène MACHERE

Édition : BoD · Books on Demand GmbH, In de Tarpen 42,
22848 Norderstedt (Allemagne)

Impression : Libri Plureos GmbH, Friedensallee 273,
22763 Hamburg (Allemagne)

ISBN : 978-2-3224-7869-9
Dépôt légal : Novembre 2024

Remerciements

La saison 2, comme l'était la saison 1, est inspirée de faits réels. Toute ressemblance avec des personnes existantes ou ayant existés ne serait évidemment que pure coïncidence.

Une fois de plus, je remercie mon époux qui, outre ses conseils judicieux dans l'écriture de ce texte, a réalisé avec patience la mise en page de cette seconde parution.

Quant à mon frère, il a continué à m'encourager, chaque fois que j'avais envie de capituler.

CHAPITRE PREMIER

LE MONDE MEDICAL

ET MOI

(suite)

Lait maternel
(Année 1967)

Vous vous souvenez, sans doute, de mon mariage précoce avec un homme que j'aimais et qui était le père de l'enfant que je portais. La disgrâce de ma famille tout entière - et de mon père en particulier- avait été évitée grâce à cette cérémonie. Or cet enfant, quelques jours après la noce, préféra ne jamais naître. Il avait, en effet, compris que ces parents n'avaient plus besoin de lui comme prétexte à leur union.

C'était une petite année plus tard que ma première fille avait vu le jour. Nous étions, son père et moi, assis confortablement dans un fauteuil épais de ces cinémas d'autrefois qui étaient encore permanents. J'avais senti quelques contractions et nous avions dû abandonner la salle, bien avant la fin de ce film dont j'ai même oublié le titre.

Nous étions rapidement montés dans le premier taxi venu et je me souviens que le trajet entre les grands boulevards et la maternité de la Pitié-Salpêtrière était interminable, en ce samedi soir d'hiver.

A peine arrivée à la maternité, j'avais été prise en charge par une interne, fort sympathique, qui m'annonça que j'allais très rapidement « perdre les eaux ». Dans ces conditions, il n'était pas question que je quitte l'hôpital. Cependant, je n'avais accouché que quarante-huit heures plus tard.

Dès la naissance de ma fille, l'infirmière-chef m'annonça que « je devais impérativement allaiter mon enfant ». Ce n'était pas exactement ce que j'avais prévu, mais on me précisa que je n'avais pas le choix car le lait maternel considéré, à cette époque-là, comme le meilleur aliment pour le nouveau-né, l'allaitement était obligatoire.

Devant tant de sollicitations, je ne pouvais qu'accepter : nul autre choix n'était d'ailleurs possible.

Après huit jours passés à l'hôpital (aucune sortie n'était possible avant ce délai) j'avais été ravie de rentrer chez moi et c'était avec un grand plaisir que finalement je nourrissais ma fille.

Mais, cette dernière pleurait beaucoup et semblait avoir faim en permanence. Sur le conseil d'une de mes voisines, j'avais consulté un pédiatre du quartier où je résidais. Après un examen approfondi de mon enfant, il m'affirma qu'elle était en parfaite santé.

Toutefois, il me conseilla de faire analyser mon lait. Ce n'était pas alors un examen courant. Lorsque j'avais enfin déniché un laboratoire et obtenu les résultats, c'était la consternation qui m'avait frappée : mon lait ne contenait presque que de l'eau.... ma fille était donc sous-alimentée, ce qui expliquait évidemment ses pleurs.

Quand je pense que je ne voulais pas allaiter et que c'était la législation qui m'y avait obligée, je me souviens avoir rencontré quelques difficultés à décolérer. Or, dès le lendemain, le biberon avait remplacé mon sein. Nos jours et nos nuits retrouvèrent leur calme et notre vie était devenue beaucoup plus agréable.

C'était une année plus tard que ma fille cadette était venue compléter notre famille. Elle avait pu profiter immédiatement des bienfaits du lait non maternel grâce à l'assouplissement de la règlementation hospitalière.

De nombreuses années après, ma fille aînée, âgée d'une quarantaine d'années, avait un jour décidé de ne plus jamais me revoir. Elle avait fait sa vie sans moi et elle n'avait pas eu d'enfants.

A ce jour, quelque quatorze années plus tard, elle ne m'a toujours pas expliqué ce qu'elle me reprochait vraiment.

Mais il me parait probable que son corps garde encore en mémoire l'incapacité de sa mère à la nourrir convenablement......

Une vieille histoire de normes
(Année 1970 peut-être)

I l y a bien longtemps, lorsque j'étais encore une très jeune maman, ma doctoresse de l'époque m'avait prescrit, après mon second accouchement, un grand nombre d'examens.

Concernant l'un d'eux qui portait un nom bizarre, je n'avais pas compris ce qu'elle cherchait. Elle m'expliqua alors qu'il s'agissait de vérifier que je n'étais pas atteinte d'ostéoporose, cette maladie due à une diminution de la densité osseuse susceptible de provoquer des chutes.

Après cet examen, une jeune interne m'avait expliqué que mes os étaient infiniment fragiles et que je risquais d'avoir des problèmes d'équilibre. Par précaution, je devais à tout prix renforcer mes os en augmentant fortement le calcium dans mon alimentation avec des poissons gras et des laitages qui devaient figurer à tous mes repas.

Ce compte-rendu m'avait inquiétée car les yaourts nature ou aux fruits, les fromages variés et les laitages divers ainsi que les sardines ou les maquereaux étaient déjà très présents dans mon alimentation.

Heureusement, mon médecin m'avait affirmé que, malgré ces résultats plutôt médiocres, elle était sûre que je n'étais pas en danger.

Deux années plus tard, j'avais dû me soumettre à ce même examen. Il était impératif que la *même* machine soit utilisée par la *même* manipulatrice, pour éviter la moindre erreur.

Cette fois-ci les résultats étaient excellents !
- « Avez-vous modifié vos habitudes alimentaires ? » m'avait-on demandé.

J'étais moi-même très étonnée car je n'avais rien changé dans mon train-train quotidien et mes repas étaient restés identiques aux années précédentes.

C'était alors qu'une laborantine, spécialiste dans le domaine de l'ostéoporose, m'avait demandé la date de mon examen précédent, car elle paraissait très étonnée elle aussi.

Alors qu'elle parcourait mon dossier, un petit sourire était venu remplacer le point d'interrogation.
- « Lors de votre dernier examen, il y a deux ans maintenant, nous utilisions encore les normes américaines, pour les femmes de votre âge. Depuis, nous avons créé des normes européennes et vos résultats sont parfaitement conformes à ces dernières.... Alors, surtout ne changez rien ! »

J'avais donc eu raison de ne pas m'alarmer trop vite. Mon père m'avait appris que la médecine était loin d'être une science exacte et j'en avais eu la confirmation. Cette leçon allait me servir toute ma vie.

Quelque cinquante années plus tard, je suis heureuse de constater que le monde médical a beaucoup évolué.

En effet, le patient a désormais, non seulement le droit mais surtout le devoir « d'écouter son corps » afin d'essayer de le comprendre pour aider les jeunes praticiens dans leur diagnostic.

Psychothérapie

(Année 1991)

Alors que j'étais sur le point de divorcer, toute ma famille et la majorité de mes amis tentaient de me persuader de ne pas rompre mon mariage.

Les uns m'expliquaient que la situation serait délicate pour mes filles adolescentes, d'autres que, pour des raisons plus ou moins religieuses, il était préférable de continuer à vivre dans cette situation, puisque j'étais loin d'être malheureuse.

Seule, ma meilleure amie pensait que j'avais le droit de m'orienter vers ce qui me paraissait être le meilleur choix pour moi.

Enfin, ma généraliste de l'époque m'avait suggéré de me faire aider par un psychothérapeute. C'était le conseil le plus judicieux que j'avais reçu et j'allais tout simplement le suivre.

Ma recherche avait été plutôt complexe. Je savais que mon choix s'orienterait vers une femme car je pensais alors que seule une personne de mon sexe pouvait comprendre la complexité de la situation dans laquelle je me trouvais.

C'était ainsi que deux psychothérapeutes avaient été consultées : la première me paraissait un peu trop jeune, et la seconde beaucoup trop directive à mon goût.

Cette dernière me précisa d'ailleurs, dès notre premier contact, que son tarif était toujours supérieur à celui de la Sécurité Sociale. Par conséquent, chaque consultation ne me serait remboursée que partiellement car, m'avait-elle précisé :

« Il faut que la démarche que vous entreprenez vous coûte afin qu'elle soit utile » ...

Ce commentaire m'avait persuadée de chercher encore !

Alors que j'étais prête à abandonner ce projet, j'avais eu la chance de rencontrer le Dr Gabrielle. A peine entrée dans son cabinet, j'avais compris qu'elle était celle que je cherchais.

La première question que je lui avais posée concernait le coût de la consultation.

« Je ne dépasserai jamais le prix fixé par l'État, m'avait-elle affirmé.

-Pensez-vous que, dans ces conditions, ma thérapie puisse cependant être fructueuse ?

-Pourquoi donc voulez-vous qu'elle ne le soit pas ? » me demanda-t-elle avec surprise....

Je lui avais alors raconté ma première entrevue avec une de ses consœurs.

Elle me confirma sa position et ajouta :

« Vous viendrez me voir tous les vendredis entre douze et treize heures, comme vous me l'avez précisé. Je ne pourrais tolérer le moindre retard.

Par ailleurs, si vous ne pouvez pas venir, quelle que soit la raison, vous devrez me prévenir une semaine à l'avance Si vous ne vous conformez pas à cette consigne, je vous facturerais la séance manquée et je ne vous fournirais pas la feuille de maladie qui vous permettrait d'obtenir un remboursement....

Par ailleurs, si vous croyez avoir besoin d'un médicament, sachez que je ne vous délivrerais aucune ordonnance. Mon rôle consiste à vous aider à comprendre l'objet de votre mal-être et je ne suis nullement pharmacienne.

Êtes-vous prête à accepter ces conditions ? »

J'avais, bien sûr, répondu par l'affirmative et même ajouté que ses consignes me paraissaient tout à fait légitimes. Quant aux médicaments, ce n'était évidemment pas ce que j'attendais d'une psychanalyste.

Pendant six années, j'avais suivi une thérapie avec cette spécialiste du mal-être psychique qui savait finalement tout de moi et de ma famille.

Elle m'avait permis de comprendre - et donc d'admettre – que personne n'était responsable de l'accident qui avait couté la vie à ma mère. (cf. Saison I) Et pourtant, mon existence en avait été totalement bouleversée !

J'aurais tant aimé trouver un coupable....

Le Dr Gabrielle m'avait aussi aidée à découvrir que les évènements de ma vie s'étaient déroulés beaucoup trop rapidement. Je n'avais eu qu'une courte enfance – ma mère avait disparu avant que je ne fête mon huitième anniversaire et mon adolescence m'avait rendue adulte prématurément.

En effet, mariée à dix-huit ans, soit avant la majorité de l'époque, j'étais déjà la mère de deux enfants à vingt-et-un ans.

Et c'était autour de mes trente-deux ans que j'avais commencé à penser au divorce, alors qu'un grand nombre de femmes que je côtoyais n'avaient pas encore trouvé « l'homme de leur vie » et ignoraient la réalité du mot « couple » ou « enfant ».

Je n'avais jamais eu le temps de découvrir le monde... et je ne le savais pas.

A présent, personne ne pourrait m'empêcher de vivre ma vie, à mon gré

Un antibiotique

(Année 2000)

U n de ces jours où je devais être hospitalisée pour une opération bégnine, le médecin m'avait prescrit un antibiotique à prendre trois jours avant l'intervention.

Je m'étais donc rendue chez le pharmacien, pour me procurer la pilule à avaler au diner. Après une soirée agréable, je m'étais couchée un peu plus tôt que d'habitude.

Vers quatre heures du matin, réveillée en sueur, j'étais convaincue que ce médicament ne pouvait pas me convenir...
Une sorte de panique me poussa à sortir rapidement de mon lit pour chercher la notice. La première phrase ne me rassura nullement :
« N'absorbez jamais cette pilule, dans les cas suivants » Et j'avais lu et relu encore. Bien sûr, je n'avais pas compris totalement toutes les contre-indications mais la peur me gagnait et je me persuadais que ce comprimé allait me tuer – ou me handicaper sérieusement - dans les prochaines heures.

Je m'étais cependant recouchée sans réussir à me rendormir. J'avais attendu, avec une impatience démesurée, l'heure d'ouverture de la pharmacie. Première patiente ce jour-là, j'avais raconté ma nuit blanche au pharmacien qui me regarda avec étonnement. Il me connaissait depuis si longtemps, qu'il s'était même permis de rire :

« Madame, ce médicament est très ancien et jamais personne n'a perdu la vie à cause de lui....

- « Peut-être mais j'ai pris connaissance des contre-indications, des effets secondaires et des précautions à prendre, et j'ai été terrifiée ! Il est vrai qu'il était quatre heures du matin....

- Qui vous a conseillé de lire cette notice et surtout à une heure pareille ?

-Personne, mais je n'ai pas réussi à me rendormir...

-Vous ne savez pas encore, à votre âge, qu'il ne faut jamais lire les notices des médicaments, surtout la nuit, quand le sommeil vous joue des tours.

- Je comprends parfaitement, mais alors pourquoi est-il mentionné, en gros caractères sur chaque emballage des boîtes que vous vendez, qu'il faut absolument « lire la notice avec attention avant toute utilisation ».

- Vous savez, bien sûr, que les laboratoires pharmaceutiques cherchent – et c'est bien normal - à se protéger en tenant compte de tous les cas possibles. Mais, vous-même êtes en parfaite santé. Alors accordez-vous une petite sieste, cet après-midi, pour compléter votre courte nuit et soyez sans crainte, il ne vous arrivera rien.... du moins à cause de ce médicament. »

J'étais ainsi rentrée chez moi, apaisée.

Je dois cependant reconnaître qu'à présent, je continue à parcourir rapidement des yeux les notices de tous les médicaments qui me sont prescrits et il m'arrive encore d'avoir du mal à en absorber quelques-uns...mais, si je lis la notice, ce n'est plus jamais à quatre heures du matin.

Petit retour sur la saison 1
(Année 2022)

D eux années s'étaient à présent écoulées depuis l'écriture de mon précédent livre. Je n'avais pas repris les fameuses statines qui semblaient détériorer mes articulations.

Le Dr Hervé avait compris, sans que je lui dise, que mon désarroi était lié au départ de son prédécesseur. C'était pourquoi je l'avais choisie comme médecin référent.

A présent, au cholestérol toujours présent, sont venus s'ajouter un début de diabète et une tension un peu trop élevée.

Rien de grave toutefois car ces pathologies sont tout simplement « dues à l'âge » me confirme-t-on de toute part. Oserai-je dire que ce diagnostic ne me rassure nullement...surtout après avoir suivi, avec attention, quelques émissions de télévision qui détaillaient très clairement les causes du développement des AVC (Accidents Vasculaires Cérébraux) ou des crises cardiaques....

De plus, mon « capital dentaire exceptionnel », dont j'étais si fière, avait fondu sans que je m'en aperçoive.

Diabète ou soins dentaires : il faut choisir !
(Année 2023)

Bien des années plus tard, c'était, lors d'une visite de contrôle banal, que le Dr Desmoulins, auquel j'avais décidé de faire confiance, avait constaté que deux de mes prémolaires, qui supportaient un bridge, commençaient à bouger. Il me proposa de les retirer et de les remplacer par deux implants, conformément à la « mode actuelle ». J'avais promis de réfléchir.

Entretemps, j'avais commencé très doucement à absorber mon nouveau traitement contre le diabète. Mon corps accepta difficilement cette pilule et maux de tête et diarrhées s'étaient enchaînées.

Le Dr Hervé me précisa qu'il fallait parfois plusieurs semaines d'accoutumance....et un mois plus tard, tout paraissait être rentré dans l'ordre

J'avais alors accepté la proposition du Dr Desmoulins qui me confirma que la Sécurité Sociale prenait totalement en charge l'arrachage de mes deux dents.

Et, il avait fait le nécessaire en me promettant que cet acte serait totalement indolore. Bien sûr, je ne l'avais cru que partiellement.

Pourtant, à mon grand étonnement, je n'avais absolument rien senti, ni pendant que j'étais assise sur le « fauteuil de torture » ni lorsque, rentrée chez moi, les effets de l'anesthésie disparurent.

Ce que j'ignorais c'était que ce traitement dentaire m'obligerait à prendre des antibiotiques.

J'avais alors dû ingurgiter les deux médicaments à la fois : l'un pour combattre le diabète et l'autre pour éviter une infection buccale....

Mon corps, qui accepta difficilement ce médicament supplémentaire, avait violemment réagi par des vomissements soudains qui me poussèrent à rendre visite à ma généraliste.

Elle me suggéra immédiatement d'arrêter tous les médicaments, au moins provisoirement, le temps que tout rentre dans l'ordre..... Je n'avais donc avalé aucune pilule pendant un mois environ.

Par chance sans doute, aucune prolifération bactérienne ne s'est déclarée dans ma bouche.

Soins dentaires

Nous savons tous à quel point une dent cariée peut faire mal....au portefeuille !

Un mois s'était écoulé, depuis les évènements précédents et, le Dr Desmoulins, après avoir vérifié que ma bouche était en parfait état, m'avait proposé la pose des deux implants. Il me confirma que ces derniers étaient très mal pris en charge par la Sécurité Sociale. Mais il ajouta qu'il me fournirait un devis à envoyer à ma mutuelle pour connaître le montant du remboursement.

De retour dans mon appartement, je dois reconnaitre qu'à la lecture du devis, j'avais été stupéfaite. Je savais que les soins dentaires étaient chers mais je n'imaginais pas à quel point.

Alors que je racontais mon histoire à plusieurs de mes amies, elles me confirmèrent toutes que, si mon intervention paraissait plutôt onéreuse, elle était cependant parfaitement « dans les normes ».

Une autre copine me conseilla éventuellement de me rendre dans un hôpital spécialisé où elle avait bénéficié de soins dentaires, quelques années auparavant.

Ce conseil me paraissait judicieux mais j'avais dû attendre plus de trois mois pour obtenir le premier rendez-vous. Pendant ce temps, ma gencive avait eu le temps de cicatriser.

Je m'étais bien sûr présentée le jour dit à l'accueil de cet hôpital.

Après une attente moins longue que je ne l'imaginais, j'avais été mise en contact avec deux personnes : le dentiste et un stagiaire.

Plusieurs radios avaient permis un bon diagnostic et le travail effectué par le Dr Desmoulins avait été jugé parfait, ce qui me rassura.

Cependant, si je voulais vraiment que mes dents manquantes soient remplacées par l'un des médecins de l'hôpital, le délai d'attente serait d'environ deux ans. De plus, aucune date ne pouvait être fixée avant le début de l'année prochaine. Nous étions en juillet....

Totalement découragée, j'étais rentrée chez moi en sachant que je ne pourrais (ou plutôt ne voudrais) pas attendre si longtemps.

Et, deux semaines plus tard, lorsque je pris connaissance du maigre montant du remboursement effectué par ma mutuelle, je m'étais demandé s'il était bien nécessaire de renouveler mon adhésion à cette assurance.

Heureusement, le dentiste, compréhensif, accepta que je « règle ma dette » en dix mensualités. Par ailleurs, il me confirma que c'était bien la Sécurité Sociale qui remboursait mal ce type de traitements dentaires. Il avait évidemment parfaitement compris que je me plaignais de ses « honoraires » qui me paraissaient exorbitants.

Quant à mon conseiller bancaire, il avait été époustouflé par le montant de la facture. En jetant un œil discret sur ma date de naissance et après un rapide calcul, il me sourit et ajouta :

« Ça fait cher l'année....J'espère que vous vivrez très longtemps, pour amortir votre dépense. »

Je lui avais rétorqué que je l'espérais d'autant plus que je souhaitais me faire incinérée....

En avance ou en retard à l'hôpital

Cette question mérite d'être posée....

Quand faut-il arriver dans un hôpital lorsque l'on est convoqué à une heure très précise ? En ce qui me concerne, j'ai toujours eu l'habitude d'arriver un peu plus tôt que prévu.

Ce jour-là, tout se déroulait mieux que je ne l'espérais. Les rames de métro se suivaient à bonne allure et j'étais arrivée à destination une vingtaine de minutes avant l'horaire fixé.

J'aurai pu faire le tour du pâté de maisons mais, en sortant de la station, ce sont des trombes d'eau qui se déversèrent sur moi et je décidais de me réfugier immédiatement dans l'établissement hospitalier pour me mettre à l'abri.

Quelques patients trépignaient dans la file d'attente, mais mon tour arriva enfin et je fus dirigée vers le service qui m'attendait pour une consultation.

A peine assise, mon numéro s'était affiché sur le tableau des rendez-vous. Étonnée, je m'étais levée pour me diriger vers le service concerné.

J'approchais à peine de la porte indiquée lorsqu'un jeune homme me bouscula violemment et passa froidement devant moi. Le Dr Lucas, qui avait assisté à la scène, se leva et me pria d'entrer dans la salle de consultation.

Le jeune homme, fort énervé, expliqua qu'il venait d'une lointaine banlieue, que la circulation était très dense, et qu'il n'avait trouvé aucune place de stationnement gratuite disponible.

Il avait donc dû chercher un parking payant. C'était, expliqua-t-il, la raison pour laquelle il souhaitait quitter rapidement l'établissement : le compteur tournait et il ne pouvait pas se permettre....bla, bla, bla !

Le Dr Lucas, dont la colère se lisait sur le visage, prit la parole :

« Monsieur, vous avez plus de cinquante minutes de retard et vous vous permettez de me faire perdre mon temps en me racontant vos histoires dont je me moque royalement. Alors, apprenez la politesse et allez-vous asseoir sans un mot de plus. Votre tour viendra après cette dame qui était là bien avant vous ».

Je dois préciser que si ce monsieur avait été un peu plus aimable, je lui aurais volontiers laissé ma place car, si je ne suis pas banlieusarde, je sais à quel point la circulation est difficile en région parisienne. Sans obligation particulière ce jour-là, j'aurais pu attendre une demi-heure de plus.

Mais, j'avais rapidement compris que les circonstances ne se prêtaient nullement à ce geste de ma part.

D'ailleurs, pendant la consultation, le Dr Lucas m'avait appris que, dans cet établissement, il était d'usage de tenir compte, dans la mesure du possible, de l'heure d'arrivée des patients plutôt que de celle du rendez-vous.

Elle m'assura enfin que c'était une excellente méthode pour ne jamais perdre son temps à attendre les « retardataires chroniques » car il s'agit d'une pathologie très répandue que l'hôpital ne sait malheureusement pas encore guérir...

Le sommeil à l'hôpital

Une de mes amies, diabétique depuis de longues années, avait dû être hospitalisée pour un contrôle de routine.

Comme de nombreuses personnes, le seul fait de savoir qu'elle risquait d'être immobilisée pendant plusieurs jours, l'avait rendue inquiète.

Son sommeil, en temps normal, était loin d'être paisible.

Mais elle se refusait à avaler, chaque soir, une petite pilule qui était supposée l'aider. Elle préférait se coucher plus tôt, prendre le temps de se déstresser et essayer de penser à la journée qui venait de s'écouler.

Plutôt de nature optimiste, elle choisissait de se souvenir des moments sympathiques : le film qu'elle avait vu avec une copine, le déjeuner partagé avec sa petite-fille, le pantalon qu'elle venait de s'acheter, le voyage qu'elle espérait entreprendre la semaine suivante, etc.... Chaque jour avait pour elle sa minute de bonheur et c'est ce souvenir-là qu'elle gardait en mémoire avant de s'endormir.

Bien sûr, une journée passée dans un lit, même confortable, à l'hôpital, n'est pas très riche en « minutes de bonheur ». Cependant, elle avait réussi à trouver le sommeil sans trop de difficultés

Elle reposait dans une chambre seule, confortablement allongée, lorsqu'elle avait, tout d'un coup, été réveillée brusquement, aux alentours de minuit, par un médecin-stagiaire. Ce dernier s'excusa de ne pas avoir vu l'heure :

« Excusez-moi Madame, je suis vraiment confus. Il est déjà minuit et j'ai oublié de vous donner....votre somnifère !

Ophtalmologie

P armi les actes médicaux mal remboursés, on peut évidemment classer aussi tous les appareillages relatifs aux problèmes de vision.

Il y a cinq ans environ, j'avais commencé à percevoir une certaine difficulté à la lecture. Ma généraliste, le Dr Hervé, me confirma qu'une visite chez un ophtalmologue s'avérait nécessaire.

Elle me conseilla un hôpital parisien, spécialisé dans les pathologies de la vue. Cela me paraissait une excellente idée et, dès le lendemain, j'avais cherché à obtenir un rendez-vous.

Trois semaines plus tard, je m'étais présentée à l'entrée de l'établissement destiné aux « patients externes ». Une longue file se déroulait lentement devant moi.

Un quart d'heure plus tard environ, un jeune homme s'approcha de moi et me demanda de m'inscrire à l'aide de cet ordinateur qu'il me montra du doigt.

Après un instant de surprise, je m'aperçus qu'une flèche indiquait un espace où je devais déposer ma carte vitale. Quelques minutes plus tard, sur le clavier, j'avais entré mon nom, mon prénom et ma date de naissance. La dernière lettre à peine écrite, l'écran m'indiqua que j'étais « inconnue ».

J'avais recommencé la procédure, plus tranquillement cette fois, et m'étais aperçue que c'était mon nom de naissance que l'appareil attendait et non mon nom marital, ce qui expliquait clairement la mention ci-dessus.

Les écrans s'étaient alors succédé et j'avais obtenu un petit carré de papier où le chiffre 119 était imprimé. J'avais compris qu'il s'agissait de mon numéro d'appel, mais je m'aperçus que la mention « informations incomplètes » s'affichait encore.

Après avoir attendu sagement que mon numéro apparaisse sur l'écran mural, j'avais expliqué à l'hôtesse que je ne comprenais pas la mention inscrite sur ce document. Elle pensa me rassurer en me précisant que « la machine n'était pas très fiable » ... Elle ignorait bien sûr à quel point, j'étais suspicieuse vis-à-vis de l'I.A, et sa réponse confirma bien mes doutes.

A présent, la première partie de l'épreuve me semblait parfaitement accomplie.

Bien sûr, j'ignorais que je devais maintenant me présenter devant d'autres machines pour vérifier ma vision de loin et de près avec l'œil droit, puis le gauche.

Toutes ces mesures étant légitimes et indispensables, j'avais joué la « vieille dame bien élevée » ...

J'étais ensuite entrée dans une autre salle bondée où les places assises étaient manifestement insuffisantes. Dès mon arrivée, un adolescent, après une demande appuyée de sa mère, se leva et m'offrit sa place.

Un quart d'heure s'écoula encore et je fus prise en charge par une jeune ophtalmologue, le Dr Sarabel, qui étudia avec soin les mesures prises pour chacun de mes deux yeux. Elle me précisa alors que mon œil droit nécessitait une opération de la cataracte et m'expliqua longuement le processus de cette opération, qu'elle qualifia de bégnine.

Enfin, elle me conseilla de prendre un rendez-vous à la réception, avant de quitter l'établissement.

Deux mois plus tard, l'opération se déroula parfaitement et la praticienne me confirma que mon œil gauche n'avait nul besoin du même traitement dans l'immédiat. Mais il faudrait y penser d'ici deux ou trois ans.

En attendant, je devais venir en consultation une fois par an pour vérifier l'évolution de ma « santé visuelle ».

Je me dois de préciser que le Covid était encore virulent, même si nous avions enfin retrouvé la possibilité de nous déplacer librement.

J'avais suivi avec attention toutes les recommandations du corps médical, mais il me semblait, deux ans plus tard, que je voyais beaucoup mieux avec mon œil gauche (celui qui n'avait pas été opéré) qu'avec mon œil droit.... Cette sensation m'avait évidemment rendue perplexe.

Le Dr Sarabel, lors d'un nouveau rendez-vous, avait alors diagnostiqué une « cataracte secondaire ».

Je n'avais jamais entendu parler de cette pathologie, qui est restée très mystérieuse pour moi, même après de longues explications. J'avais simplement retenu que je devais subir un Laser Yiag quelques trois semaines plus tard.

J'avais donc le temps de vérifier, auprès d'un autre praticien, l'utilité de cette intervention. Après quelques recherches, j'avais découvert un centre de santé spécialisé dans les affections oculaires et j'avais obtenu un rendez-vous pour le surlendemain.

Le praticien me confirma que le « Laser Yiag » était nécessaire, mais que la cataracte de l'œil gauche était inutile dans l'immédiat. J'avais été rassurée.

L'intervention prévue s'était très bien déroulée et personne ne me posa la moindre question concernant mon œil non traité.

Or pour moi, une opération de la cataracte signifie la fin de tout problème visuel. (J'ignore d'ailleurs d'où me vient cette idée). Puisqu'il n'en est rien, pourquoi opérer le deuxième œil ? Cet acte est-il vraiment nécessaire ?

Je n'avais aucun moyen de répondre à ces deux questions.
Mais, la consultation « post-Laser Yiag » allait m'aider.
Le Dr Sarabel vérifia, deux mois plus tard, que ma vision de l'œil droit était redevenue normale. Et, à la question concernant la cataracte de l'œil gauche, elle m'affirma qu'il n'y avait toujours pas d'urgence et que cette intervention pouvait donc attendre encore…. Elle termina sa consultation avec une ordonnance pour me permettre l'achat d'une nouvelle paire de lunettes.

Avant de me rendre chez l'opticien, j'avais recherché mon ordonnance précédente et avais été étonnée de la très légère différence entre les deux documents.

Je savais qu'une nouvelle paire de lunettes me coûterait entre six cents et mille euros et je n'étais pas très pressée de dépenser cette somme, dans la mesure où je n'avais pas encore fini de régler la dette de mon dentiste.

J'avais laissé passer quelques jours et m'étais enfin décidée à interroger mon opticien habituel.

A peine entrée dans le magasin, je lui fis part de mon interrogation relative à l'écart constaté entre les deux prescriptions, à savoir celle de 2021 et la nouvelle.

Après avoir comparé les deux documents, il m'expliqua qu'il allait procéder à une vérification très simple : il posa, sur une monture de démonstration, des verres correspondant à ma nouvelle prescription et me demanda de lire de loin puis de près.
« Voyez-vous une différence entre les deux ? me demanda-t-il ?
-Franchement, non, fut ma réponse.
-Essayez encore, dit-il
- Même réponse.

- Alors, dans ce cas, pourquoi voulez-vous changer vos lunettes ? La monture est en parfait état et aucun de vos verres n'a la moindre rayure.

- Parce que je viens de recevoir une nouvelle ordonnance....

- Évidemment, mais si nous pensons tous les deux que cette dépense est inutile..... alors tant pis pour l'ordonnance, sauf si vous y tenez vraiment.

-Je n'ai aucune envie de dépenser une telle somme d'argent, si cela s'évère inutile.

- Alors, gardez vos lunettes actuelles dont la monture est neuve et dont les verres foncent au soleil et revenez me voir s'il vous semble que la situation change.

J'avais remercié l'opticien et quitté le magasin avec plaisir. Je venais de faire une belle économie et elle pourrait servir à prendre quelques jours de vacances, par exemple.

Je crois bien que c'est la première fois de ma vie, que je rencontre un « commerçant » acceptant de perdre de l'argent, alors qu'il avait la possibilité d'en gagner assez facilement.

Peut-être que de telles personnes nous manquent dans ce monde où l'argent semble être la denrée la plus recherchée « quoi qu'il en coûte ».

L'informatique et la santé

J e dois d'abord vous faire un aveu : pour moi, ces deux mots, côte à côté, me paraissent antinomiques.

J'ai même lu récemment, sur un des multiples réseaux sociaux, le slogan suivant :
« Enfant sur Tik-Tok, parents qui débloquent »

Heureusement, je n'ai plus le devoir d'éduquer des enfants puisque les miens sont largement majeurs et que je n'ai jamais été enseignante.

Alors, je n'ai pas choisi des exemples qui pourraient être très utiles, à nous pauvres retraités, qui avons connu le monde avant « le tout numérique ». J'ai préféré ceux, plus anodins, qui nous font parfois perdre notre sang-froid !

Exemple 1 : Pour diverses raisons, j'avais envie de changer mon adresse mail sur un site fameux dans le domaine de la santé.

Je m'installe face à mon ordinateur et trouve très rapidement le site que je cherche.
- Je clique sur l'icône : nouvelle adresse mail.
-Je complète toutes les cases avec mon nom, mon prénom, ma date de naissance, mon adresse postale, et surtout la nouvelle adresse mail que je souhaiterais utiliser. Tout semble se dérouler à merveille...

-Je clique sur l'cône « Terminé » et le site me répond qu'il existe déjà un dossier avec les mêmes coordonnées et que, par conséquent, ma demande n'est pas recevable....

Exemple 2 : En ce jour férié, je m'étais réveillée avec un violent mal de tête. Après avoir vainement cherché, dans tous mes tiroirs, un comprimé qui aurait pu me soulager, je me suis soudain souvenu qu'une pharmacie du quartier se vantait d'être accessible tous les jours de l'année.

Pour obtenir ses horaires d'ouverture, je recherche son site que je trouve aisément.

A ma grande surprise, les horaires sont précisés pour tous les jours, sauf le dimanche et les jours fériés.

J'insiste à plusieurs reprises et finis par obtenir un conseil : « Pour plus d'information, veuillez téléphoner directement au magasin ». Le numéro de téléphone est même fourni....

Très en colère, j'abandonne mes recherches, et cette fois, je pose, pour me calmer un peu, une autre question :

"Quel saint fêtons-nous aujourd'hui ?
Réponse 1 :
"Aujourd'hui n'est pas un jour férié".
Je réitère ma question.
Réponse 2 :
"Il n'y a rien à fêter aujourd'hui"
Et enfin, réponse 3 :
"Désolé d'être un trouble-fête, mais.... Aujourd'hui n'est pas un jour férié......

Exemple 3 : Une de mes amies, atteinte d'une maladie incurable depuis son plus jeune âge, a pris l'habitude, après les années du Covid, de se faire envoyer par la poste tous les médicaments dont elle a besoin.

En ce lundi matin, elle reçoit un message lui indiquant qu'un colis l'attend dans son point relais habituel.

Elle se rend, le jour même, à l'adresse indiquée pour prendre possession de son colis.

Le lendemain, un nouveau message la prévient que, si elle ne récupère pas son paquet rapidement, ce dernier retournera à l'expéditeur et lui sera bien sûr remboursé.

Deux jours plus tard, un troisième message lui confirme que son colis a été renvoyé à l'expéditeur et, le lendemain, que ce dernier l'a bien reçu.....

Elle n'a, bien entendu, pas été remboursée...

Cette même amie m'a confirmé qu'elle reçoit à présent ses médicaments, non pas tous les mois, mais tous les trimestres.

Le paquet, plutôt volumineux, occupe ainsi une partie de son salon.

Mais, on lui a affirmé que ces dispositions étaient prises....pour diminuer son empreinte carbone sur la planète.

Toutefois, nous sommes d'accord pour penser qu'il s'agit plutôt d'une belle économie pour l'expéditeur.

Exemple 4 : Ma généraliste pense, après m'avoir auscultée le lundi 10 de ce mois, qu'une prise de sang serait utile. Elle me délivre alors une ordonnance.

Elle précise qu'il n'y a pas d'urgence mais que, la prochaine fois que je la consulterais, elle souhaiterait avoir les résultats de cet examen, pour appuyer son diagnostic.

Quelques jours plus tard, soit le jeudi 14, je me rends au laboratoire qui me précise, qu'en raison du week-end, les résultats ne seront pas disponibles avant le mardi 19. Je rentre chez moi et, sur le site bien connu de tous, je prends un rendez-vous pour le mercredi 20.

Le mardi 19, inquiète de ne pas avoir reçu un message me confirmant que mes résultats sont disponibles, je me présente, dès l'ouverture à la réception du laboratoire et constate que mon inquiétude était justifiée. On m'assure toutefois que mes résultats seront consultables le jeudi 21.

Un peu désappointée, j'annule mon entrevue du mercredi 20 puisque je n'aurai pas les résultats attendus. Or, dans l'après-midi même du 19, je reçois un message et trouve mes résultats !

Je me dis alors que je n'aurais pas dû annuler si rapidement.

Je redoute de ne pas pouvoir rencontrer mon médecin avant plusieurs jours.... Or, j'ouvre mon dossier informatique et m'aperçois que le premier rendez-vous du mercredi 19 n'a pas été annulé.

Il est ainsi prouvé que l'Intelligence Artificielle peut elle aussi avoir des absences !

Exemple 5 (l'avant-dernier)
Je cherche à commander un tensiomètre car le diabète plane au-dessus de ma tête....

Après plusieurs tentatives, ma commande n'aboutit pas, mais je m'obstine.

Quand, au bout de la énième tentative, la commande est enfin acceptée par le site, c'est l'imprimante qui se bloque en « mode nettoyage » et interdit tout accès à mon ordinateur...

Je suis donc incapable de valider mon achat, faute de pouvoir remplir les cases destinées au paiement.

Et, quelques jours plus tard, mon frère m'offre un superbe tensiomètre pour mon anniversaire.

Je lui avais évidemment fait part de mes déboires avec l'I.A.

Exemple 6 (le dernier) : il est méchant mais véridique !
Je reçois un message me demandant si je suis prête à participer à un sondage concernant ma santé. Je réponds par l'affirmative car je suis très curieuse et je voudrais bien savoir comment ces sites spécialisés arrivent à « fabriquer » des pourcentages de personnes atteintes par chacune des pathologies largement présentes dans notre pays.

La machine me demande de préciser mon sexe puis ma date de naissance.

Ensuite : mon âge
(l'IA ne sait-elle pas compter ? Avec ma date de naissance, elle devrait le savoir)

Puis, quelle activité professionnelle exercez-vous ?
('IA n'a donc pas compris que je suis à la retraite, même avec la nouvelle loi Macron !)

Et ça continue : si vous êtes à la recherche d'un emploi, cochez l'activité professionnelle recherchée (je ne suis évidemment pas concernée, mais cette case n'est pas prévue).

Puis les questions pleuvent sur ma capacité à me déplacer à pied ou en voiture ou à l'aide des transports en commun, sur la qualité de mon sommeil, sur les opérations que j'ai peut-être subies, sur mes éventuels problèmes cognitifs, etc.

Je remplis ce questionnaire avec attention et je me demande même si, par hasard, je ne suis pas sur le point de donner trop de détails...

Mais, la page suivante me rassure complétement. Ce n'est pas mon état de santé qui intéresse les sondeurs, mais plutôt mes capacités de consommatrice !

A ma grande surprise, le site, après m'avoir prévenue que nous « changions de sujet », m'interroge à présent sur les casinos que je connais, les brasseries de haut de gamme que je fréquente, les groupes hôteliers de luxe où j'ai séjourné, les restaurants renommés où j'aurai déjeuné ou diné, etc...
Je coche « aucun » (si, si, cette case existe) pour chaque question..

La dernière page que j'ouvre me demande de donner mon avis sur tous ces endroits où je ne suis jamais allée et où je n'irai sans doute jamais :

Je clique enfin pour sortir de ce sondage....

Le mystère persiste : je ne comprends toujours pas l'importance que les médias accordent à ce type de sondage et aux chiffres qu'ils véhiculent...

Pénurie de médicaments

L'ordonnance qui m'avait été fournie par mon médecin mentionnait une prise de deux cachets par jour pendant trois jours, soit six cachets. Or, ces derniers n'étaient vendus que par quatre. Il devait donc, à la fin de mon traitement, me rester deux pilules non utilisées

Mais, ça c'était avant le Covid.

Quelques trois mois plus tard, alors que la pandémie tirait à sa fin et que nous avions enfin été autorisés à sortir, ma généraliste m'avait prescrit le même traitement que précédemment, pour le même examen. Or, cette fois, les comprimés n'étaient vendus que par quatorze, à cause d'une rupture de stocks sur les boîtes achetées précédemment.

Cette fois, je n'avais utilisé que huit cachets sur les quatorze facturés à la Sécurité Sociale.

C'était aussi cette pénurie de médicaments qui m'avait « permis » de visiter plusieurs villes de banlieue lointaine, alors que je cherchais une autre « pilule », sans doute « magique » puisqu'introuvable.

La pandémie est, à présent, enfin considérée comme un mauvais souvenir.

Les pharmaciens continuent cependant à souffrir d'un manque criant de médicaments, souvent les plus utilisés.

Est-il permis de penser que cette situation pourrait être due à la délocalisation de la fabrication des pilules « non rentables » pour les laboratoires pharmaceutiques français ?

CHAPITRE 2 :

METRO, BOULOT, DODO

Ressources Humaines

Une part substantielle de ma vie professionnelle s'est déroulée au « Service du Personnel ». Mon supérieur hiérarchique d'alors avait le titre, selon l'entreprise, de « Chef ou Directeur du Personnel ».

Pendant de très nombreuses années, j'ai été chargée, entre autres, du recrutement de personnel dans des entreprises très différentes.

C'est dans une société française, fabriquant et vendant des objets de luxe, que j'ai débuté et appris l'essentiel de ma fonction. Puis, le monde de l'humanitaire m'a fascinée pendant quelques années et, après une courte intrusion dans une administration, j'ai continué et terminé ma vie professionnelle dans une société américaine bien implantée en France.

Je précise que mon activité s'est toujours déroulée, quelle que soit l'entreprise, au sein de sièges sociaux qui employaient surtout des cadres dirigeants, des commerciaux, ou du personnel de bureau.

Si, dans ma première entreprise, j'ai souvent échangé des informations avec le Service du Personnel de l'usine, je n'ai jamais participé à l'embauche des ouvriers.

Pour comprendre le contenu de cette fonction très délicate, quel que soit l'environnement, j'avais été amenée à suivre un nombre incalculable de stages de formation.

Il faut savoir que la partie « technique » est souvent assez facile à décrypter car le candidat aura détaillé, dans sa lettre de motivation, son cursus scolaire et universitaire ainsi que les différents postes occupés précédemment. Bien sûr, certains curriculums vitae conténaient parfois des inexactitudes ou des zones d'ombre que je devais m'efforcer de clarifier.

Mais, le plus difficile à cerner m'a toujours semblé être la découverte du comportement de ces personnes dont je ne connaissais rien. L'interrogation à laquelle on me demandait de répondre, outre la vérification des compétences professionnelles, était, en fait, la suivante :

« Ce candidat pourra-t-il s'intégrer dans le service, s'entendre avec l'équipe en place afin d'améliorer les performances du groupe tout en respectant les valeurs fondamentales de l'entreprise ?»

En fait, mon rôle consistait à dénicher les deux ou trois meilleurs candidats, et à les présenter au supérieur hiérarchique concerné. C'était bien sûr lui qui avait le dernier mot.

La seule question à laquelle je ne devais pas chercher de réponse était celle-ci :

« Ce candidat sera-t-il compatible avec le caractère de son supérieur hiérarchique ? »

C'était, en effet, une interrogation à laquelle ce dernier devait seul trouver une réponse, même si j'avais souvent « ma petite idée » sur ce sujet.

A présent que je ne travaille plus, je peux être fière d'avoir déniché « quelques perles » qui auront fait le bonheur de leurs employeurs....

Mon dernier « Directeur des Ressources Humaines » fonction plus connue à présent sous le vocable de « DRH » m'avait un jour posé une « question-piège » :

- Pouvez-vous me dire si vous avez réussi tous vos recrutements ?

- Non, bien sûr que non. Je pense que vous n'attendiez pas une autre réponse.

- Je craignais que vous ne me répondiez par l'affirmative....

- Qui peut se vanter de n'avoir jamais embauché un salarié ayant quitté l'entreprise avant la fin de sa période d'essai ?... ».

La question était restée sans réponse.

Au cours de tous ces stages, j'avais appris à éviter de tenir compte de mes affinités. Mais, plusieurs de ces conseils me paraissaient difficiles, voire impossibles, à appliquer, comme par exemple, les deux suivants :

- « Si votre interlocuteur vous est très sympathique, inutile de prolonger l'entretien. Vous ne pourrez pas être impartial.

- A contrario, si ce candidat vous semble antipathique, il faut l'interroger plus longuement afin de comprendre pourquoi il ne vous plait pas et vous assurer qu'il ne pourrait pas valablement occuper le poste que vous cherchez à pourvoir. »

Un grand nombre de mes collègues me confirmèrent qu'ils avaient tendance à faire le contraire, sans nécessairement se trouver dans l'erreur :

« Je parle plus longtemps avec une personne sympathique qu'avec une autre qui ne l'est pas. Cela me parait tout simplement « humain ».

Heureusement, il m'est quelquefois arrivé de rire (intérieurement) dans cette fonction qui est pourtant bien aride et peu sujette à « l'amusement ».

Deux petits exemples :

1. - Le divorce n'est pas un métier

Un jour, j'avais reçu, alors que je débutais à peine, un CV qui me paraissait étrange.

En effet, pendant une dizaine d'années, ce candidat semblait avoir été un excellent agent commercial, dans cette société très renommée où il avait même obtenu plusieurs promotions. Puis, d'après sa lettre, il avait démissionné et n'avait pas réussi, pendant les cinq années suivantes à se stabiliser.

Avait-il été victime d'un licenciement économique à l'amiable ? Pourquoi ne retrouvait-il pas d'emploi ?

Je lui avais alors posé la question suivante :

« Je vois que vous êtes resté fidèle à votre première entreprise pendant de nombreuses années. Pourquoi l'avez-vous quittée ensuite ? Un licenciement économique peut-être ?

- Pas du tout. Il y a cinq ans, j'ai divorcé, me répondit-il.

- Est-ce que je me trompe si je vous dis que le divorce n'est pas un métier ?....ai-je répondu.

- Non, c'est vrai. Mais, c'est ma femme qui a demandé le divorce et je le refuse toujours. Nous avons donc chacun notre avocat et il n'est pas question pour moi de débloquer le moindre centime pour les frais de justice.

Or, pour bénéficier d'une aide juridictionnelle gratuite, il ne faut pas dépasser un certain revenu. Alors, je fais de l'intérim et dès que j'atteins ce fameux plafond je m'arrête....

J'ai d'ailleurs répondu à votre annonce car j'ai cru comprendre qu'il s'agissait d'un contrat temporaire. Si c'est le cas, je suis intéressé et j'espère que vous accepterez ma candidature.

- Je dois malheureusement vous répondre négativement car il s'agit d'un remplacement de longue durée. Notre salarié est gravement malade et ne reprendra peut-être jamais son poste. Je ne peux pas prendre le risque d'être obligée de recommencer cette procédure de recrutement.

Car, si je vous ai bien compris, vous démissionnez au moment où vous avait obtenu le plafond de ressources dont vous venez de me parler.

- Il se peut que mon divorce soit achevé plus rapidement que vous ne le pensez. Dans ce cas, vous n'aurez pas perdu votre temps, n'est-ce pas ? me demanda-t-il

- Ma fonction ne m'autorise pas de telles suppositions....avait été ma réponse.

Notre entretien s'était arrêté là et je n'ai jamais su si ce monsieur avait réussi à trouver un emploi avant ou après son divorce...

2. - On vous écrira

Dans mon dernier poste, j'étais à la recherche d'une secrétaire pour le Directeur Général. Plusieurs courriers de candidates, qui semblaient aptes à occuper un tel poste, étaient arrivés sur mon bureau.

Ce jour-là, je remarquais une jeune femme, assise élégamment dans le hall, sans doute une des candidates que j'avais sélectionnées d'après son parcours professionnel.

Je m'étais approchée d'elle et l'avais invitée à me suivre dans mon bureau.

Elle s'était assise tranquillement, puis avait déplacé sans un mot, les dossiers qui se trouvaient sur mon bureau pour y poser son sac à main. Cette attitude m'avait paru un peu cavalière.

De plus, c'était elle qui avait débuté l'entretien :
- Je vous remercie de m'avoir convoquée. Vous avez sans doute constaté, dès la lecture de ma lettre, que je répondais parfaitement à votre recherche. Je suis secrétaire depuis plus de dix ans, je sais me servir de toute les marques d'ordinateurs et je connais tous les logiciels....mais je suis sûre qu'à la fin de l'entretien, vous allez me dire « On vous écrira ».

En ce qui me concerne, je trouve que cette façon de terminer un entretien est plutôt désinvolte. J'ai pris la peine de vous écrire, puis de répondre à votre convocation et il me semble donc que je mérite ce poste. »

J'avais été abasourdie par cette entrée en matière. Si le courrier que j'avais reçu était effectivement bien rédigé, l'attitude de cette personne me paraissait peu compatible avec ma recherche.

J'avais alors oublié tous les conseils appris dans mes divers stages. Je refusais de perdre une minute de plus en entamant un dialogue avec cette candidate.

A peine assise, je m'étais donc relevée tandis que mon interlocutrice me regardait. Avec un large sourire, elle me dit :

- « Vous êtes très intelligente et vous avez bien vite compris que j'étais la personne que vous cherchiez, n'est-ce- pas ? Vous n'allez donc pas « m'écrire ».

-En effet, c'est parfaitement inutile.

-Vous voulez dire que vous avez déjà préparé mon contrat et que je vais le signer tout de suite. Vous êtes très perspicace »

Que pouvais-je dire de plus ?

J'avais préféré me taire...et la raccompagner vers la sortie des bureaux de l'entreprise. Elle avait insisté, et j'avais affirmé qu'il me fallait consulter le Directeur Général. Lui seul pouvait décider. Elle voulait le rencontrer immédiatement mais je lui avais précisé qu'il était en voyage d'affaires.

Elle rappela plusieurs fois mais, contrairement à mes habitudes, je ne lui ai jamais « écrit ».

Je me demanderai toujours pendant combien de temps cette « sympathique » candidate aura attendu « qu'on cesse de lui écrire et qu'enfin on l'embauche. »

Un contrôle administratif

U n de ces lundis d'hiver, j'étais arrivée, bien emmitouflée, au bureau lorsque l'hôtesse d'accueil m'avait tendu une enveloppe volumineuse provenant d'une administration.

Malgré l'intitulé du destinataire - Monsieur le Président Directeur Général – j'avais ouvert le pli. Il contenait une vingtaine de feuillets couverts d'un questionnaire, « à remplir avant le passage du contrôleur administratif, soit dans les quatre semaines, à compter de la réception du présent courrier ».

La majorité des questions concernait les résultats financiers de l'entreprise mais également la politique salariale, les effectifs, l'échelle des salaires, les avantages sociaux, etc...
S'il m'appartenait de répondre à certaines de ces questions, c'était la Directrice Financière, Alix Desbois, que j'avais immédiatement informée, puisque c'était, sans aucun doute, elle et moi qui serions chargée de gérer ce contrôle.

Et le jour prévu, notre inspectrice, Louise Durambol, s'était présentée à la réception, avec deux heures de retard. C'était effectivement moi qui avais dû l'accueillir et rassembler les documents à lui présenter.

Elle me précisa immédiatement qu'elle ne comptait pas rester dans nos locaux plus d'une semaine et qu'il était donc de mon devoir de lui fournir, très rapidement, tous les dossiers qu'elle jugerait utiles.

Je ne pouvais que répondre positivement à sa demande.

Le premier jour de l'inspection, Alix avait été conviée à une réunion managériale qu'elle ne pouvait en aucun cas manquer.

En effet, il s'agissait, pour la Direction Générale, de développer une nouvelle stratégie de markéting concernant les deux prochaines années.

C'était donc moi qui aurai « le plaisir » de passer les jours suivants avec Madame Durambol et je dois reconnaitre que nos relations s'étaient avérées plutôt cordiales.

Cependant, elle souhaitait avoir des précisions complémentaires sur un certain nombre de sujets pour lesquels je n'étais absolument pas compétente. Alix avait donc dû quitter sa réunion pour nous rejoindre.

Dès la première demi-journée, tout m'avait paru étrange car notre inspectrice semblait détester Alix. Cette dernière était pourtant très respectueuse et répondait, aussi complètement que possible, à toutes les questions posées (même celles qui lui paraissaient sans objet). Les documents demandés étaient tous présentés et Alix les explicitait, sans aucune hésitation.

Mais il régnait, dans cette salle de réunion, une ambiance difficile à supporter.

Cette impression ne m'avait pas quittée non plus pendant le déjeuner, à la cantine, avec notre contrôleuse. En effet, dès que ma collègue se permettait d'ouvrir la bouche, notre « convive » n'hésitait pas à lui couper vertement la parole. Heureusement, je n'avais pas « bénéficié » de cet insupportable traitement.

Après le repas, Alix avait dû s'éclipser pendant quelques temps et j'en avais profité pour essayer de comprendre l'attitude de cette dame.
- Madame, excusez ma question par avance, mais il me semble que notre directrice ne vous plait pas, avais-je dit.

- En effet, elle ne me plait vraiment pas du tout, avait été la réponse.

- Pourtant c'est une femme très compétente qui répond au mieux à toutes vos interrogations et s'efforce de vous présenter tous les documents qui vous paraissent utiles... C'est, par ailleurs, une directrice financière très compétente.

- Je ne conteste pas ses compétences, mais je n'aime pas la façon dont elle me regarde et me parle.

A ce stade, je ne comprenais pas ce qu'elle voulait me dire et je ne pouvais rien ajouter pour tenter de défendre ma collègue.

C'était mon interlocutrice qui allait tout m'expliquer.

- Je dois vous dire, tout d'abord, que je n'aime pas les grandes perches, ces femmes si grandes qu'elles semblent se moquer de vous, avec un air vraiment dédaigneux....

Que pouvais-je répondre à cette affirmation ? Le silence me paraissait préférable.

-De plus, ajouta-t-elle, il faut que je vous avoue que mon mari m'a quittée, il y a quelques mois, pour une personne immensément grande et qui exerce la même fonction que votre collègue, à savoir Directrice Financière dans un grand magasin. Enfin, elle est blonde, elle aussi ! »

J'avais eu beaucoup de mal à m'empêcher de rire. Je ne pouvais pas imaginer sérieusement qu'une personne, exerçant un métier tel que le sien, puisse dévoiler, sans aucune pudeur, sa vie privée, à des salariés d'une entreprise dont elle vérifiait les comptes....

J'avais décidé de me taire pendant toute la durée de la présence de cette « charmante dame » dans nos locaux

Le soir même de son départ, alors que je quittais le bureau avec ma collègue, j'avais eu beaucoup de mal à lui raconter cette histoire.

Dans un premier temps, elle pensait que je plaisantais et, lorsqu'elle avait enfin compris qu'il n'en était rien, nous avions eu beaucoup de mal à garder notre calme dans ce wagon de métro si placide.

Ce n'était que le lendemain, au cours du déjeuner, que nous avions enfin pu faire la clarté sur toute cette aventure.

Alix s'était exprimé calmement :
« Heureusement que ce contrôle est enfin terminé. C'est la première fois que je rencontre une personne aussi antipathique. Je la croyais beaucoup plus intelligente et j'étais sûre qu'elle était énervée par mes explications très superficielles.
Je ne pouvais pas imaginer qu'elle me comparerait tout simplement à la maîtresse de son mari ! »

Nous avions admis très rapidement le « grotesque » de cette journée... et nous en rirons encore longtemps !

Puis, la vie nous avait éloignées l'une de l'autre mais périodiquement et, depuis une vingtaine d'années, nous ne manquons jamais, lorsque nous nous retrouvons, de nous raconter, une fois de plus, cette folle histoire qui nous avait rapprochées.

Nous étions des collègues et, c'est peut-être grâce à ce contrôle administratif, que nous étions devenues des amies et le sommes restées....

CHAPITRE 3

C'EST LA VIE....

Une terrasse de café

En ce mois de juin, après une sympathique promenade dans notre quartier, nous nous mettons à la recherche d'une terrasse de café plutôt à l'ombre, pour nous reposer.

Nous dénichons rapidement un espace qui pourrait faire l'affaire, puisque les consommateurs qui l'occupent s'apprêtent à le libérer.

Nous prenons tranquillement place à côté d'un couple qui vient de s'asseoir à la table voisine. Cette dernière étant très proche de la nôtre, en cette après-midi caniculaire, je peux suivre, sans le vouloir, la conversation qui débute.

J'apprends immédiatement que l'homme est âgé d'une cinquantaine d'années et que la jeune personne, qui lui fait face, rencontre des difficultés avec la langue française. Cependant, elle s'exprime dans un anglais presque parfait tandis que son vis-à-vis ne semble pas maitriser totalement la langue de Shakespeare.

Très rapidement j'entends que le monsieur se prénomme Jean, qu'il est proviseur dans une école communale du quartier et qu'il loge dans cet établissement.
La jeune fille, d'origine asiatique, s'appelle Fang et est arrivée à Paris six mois plus tôt. Elle affirme adorer notre capitale où elle est venue vivre avec son oncle, en attendant de trouver un emploi.

Je dois reconnaître que je ne comprends pas tout de suite la raison pour laquelle ces deux personnages, que rien ne semble rapprocher, boivent en tête-à-tête un café pour lui et un thé pour elle.

C'est la suite de l'entretien qui va m'aider à déchiffrer l'histoire.

En effet, Fang demande à Jean s'il est marié et s'il a des enfants. Ce dernier précise qu'il est divorcé depuis plus de trois ans et qu'il n'a pas d'enfant.

Cette réponse amène un grand sourire sur le visage de Fang.

Et la conversation continue. Jean lui explique qu'elle pourrait quitter le logement de son oncle et venir vivre avec lui dans son logement de fonction. Il pourrait peut-être lui obtenir un emploi de femme de ménage dans l'école, en attendant qu'elle apprenne le français.
Fang essaie alors de lui faire comprendre qu'elle possède plusieurs diplômes de médecine, obtenus dans son pays, et qu'elle mérite mieux que ce qu'il semble lui proposer....

C'est alors que je comprends enfin de quoi il s'agit. Sans aucun doute, c'est une entrevue galante, développée grâce aux réseaux sociaux. Tout s'explique donc : ces deux personnes se rencontrent pour la première fois !

A présent, je ne souhaite donc plus entendre la suite de cette histoire. Je me sens mal à l'aise et très indiscrète.

Nous appelons le serveur et lui demandons l'addition.

Tout à un coup, nous apercevons deux jeunes enfants qui courent sur le trottoir : une petite fille âgée de six ans peut-être, accompagnée d'un garçon qui semble un peu plus âgé. Ils s'approchent tous les deux de Jean, et on peut les entendre crier :

« Papa, je suis très contente de te voir » dit la fillette.

« Ça fait longtemps que je demande à maman de nous emmener chez toi » affirme son frère.

Tandis que nous admirons l'élan de ces deux enfants envers leur père, Fang se lève violemment, adresse à son interlocuteur quelques mots dans une langue que nous ne comprenons pas, et il disparait....

Pourquoi continuer une histoire qui n'était pas encore commencée...Elle avait eu la preuve que Jean lui mentait, dès le « premier regard » ...

Nous avons réglé nos consommations et quitté cet établissement, le plus vite possible, sans un regard pour Jean.

Box à vendre

Un de mes amis – nous l'appellerons Louis - possédait, dans une banlieue de la région parisienne, un appartement qu'il avait enfin pu mettre en vente. Il faut préciser que sa dernière locataire, qui ne réglait plus son loyer depuis près de deux ans, avait enfin quitté les lieux.

Ce logement se situait dans un joli petit village de l'Essonne en plein centre-ville où garer sa voiture était une réelle prouesse. Heureusement, Louis avait eu l'opportunité, depuis de nombreuses années, d'acheter un parking dans la résidence.

Or, au moment où il avait finalement pris la décision de céder son bien, le marché de l'immobilier se trouvait dans une phase très délicate car les acheteurs potentiels éprouvaient de nombreuses difficultés à obtenir un prêt en raison de la montée rapide des taux, tandis que les vendeurs, qui faisaient abstraction de la crise, refusaient catégoriquement de baisser leurs prix.

Dans un tel marché, toute opération immobilière s'avérait plus complexe que prévu.

Comme Louis n'avait aucune confiance dans les agences, il avait posté son offre sur plusieurs sites internet. Bien entendu, il souhaitait vivement vendre son appartement en même temps que son box.

Quelques acheteurs s'étaient manifestés mais, après avoir visité les lieux, ils ne donnèrent aucune suite. D'autres candidats étaient très intéressés par le box uniquement, car ils disposaient d'un appartement dans le périmètre.

Or, la priorité pour Louis était, bien sûr, la vente de l'appartement avec ou sans le box. Dans le second cas, il serait toujours temps de chercher un acheteur intéressé par ce garage.

Après six mois de recherches difficiles, Louis avait enfin trouvé un acheteur fiable. Cependant, ce dernier ne possédait pas de voiture et avoua qu'il n'avait jamais passé son permis de conduire. Il était très intéressé par l'appartement mais refusait totalement l'achat du parking, même pour le mettre en location.

Dans ces conditions, Louis, un peu las de chercher le « client parfait », avait finalement accepté l'offre de cet homme.

Or, l'agence notariale, où cette opération immobilière devait être concrétisée, se trouvait à quelques centaines de mètres de la Résidence.

En s'approchant pour la dernière fois de cette copropriété qui ne serait plus jamais la sienne, il avait remarqué que les parkings aux alentours étaient tous payants. Il avait alors eu, la veille de la signature, une idée géniale : il fabriqua une vingtaine d'affichettes précisant qu'un box était à vendre. Après avoir ajouté ses coordonnées, il posa délicatement son flyer sur le pare-brise de chacune des voitures garées.

Dès la fin de la procédure notariale, alors qu'il montait dans le train qui le ramenait vers la capitale, le portable de Louis n'avait cessé de carillonner.

La première acheteuse potentielle était une femme, très intéressée par l'annonce et prête à visiter le box, dès la fin de la semaine. Louis, ravi, avait bien sûr accepté ce rendez-vous.

Et, en ce beau jour de juin, il avait fait la connaissance d'une personne très sympathique qui lui précisa que ce parking était exactement ce qu'elle cherchait.

La visite terminée, Louis proposa à sa cliente de boire un café avec lui. Elle accepta volontiers et lui expliqua sa situation.

« Je dois vous dire que j'ai quitté mon mari, il y a déjà plusieurs années et que je vis actuellement avec une femme prête à acheter ce box avec moi.
- En ce qui me concerne, je n'y vois aucun inconvénient, précisa Louis. Cependant, permettez-moi de vous poser une question très indiscrète : avez-vous seulement quitté votre mari, ou êtes-vous divorcée ?
- Votre question n'est pas seulement indiscrète, elle est parfaitement inconvenante. Mais je vais malgré tout vous répondre. Je n'ai pas vu mon mari depuis plus de trois ans, mais je n'ai pas divorcé. D'ailleurs ma compagne se trouve dans la même situation : nous vivons ensemble mais nos liens précédents n'ont pas été coupés officiellement.

Louis reprit la parole :
- Alors encore une "inconvenance"de ma part. Vous êtes sans doute mariée sous le régime de la communauté réduite aux acquêts.
- Bien sûr, comme ma compagne et la plupart de mes amis, répondit-elle.
- Je ne suis pas expert en droit de la famille mais je crois savoir que si vous faites l'acquisition avec votre amie, vous serez quatre propriétaires de ce box, même si vos maris ne versent pas le moindre euro pour cet achat.
Il me semble qu'il serait raisonnable de réfléchir à la situation et de prendre conseil auprès d'un notaire, lui précisa Louis.

Et, c'était ainsi qu'il avait quitté son "acheteuse potentielle". Bien sûr, l'affaire n'avait pas abouti et Louis n'a plus jamais entendu parler de cette personne.

Deux mois plus tard, il avait enfin signé l'acte de vente de son box avec un grand ouf de soulagement.

C'était alors - et alors seulement - qu'il avait découvert que les taxes prélevées à l'acquéreur par l'État, dans cette seconde transaction, étaient bien supérieures à celles qu'il avait lui-même acquittées à l'époque de son acquisition.

Il se souviendra longtemps de sa mésaventure et expliquera à ses amis et connaissances pourquoi il faut éviter d'acheter un box ou une cave – non accolé à un appartement.

Un pique-nique dominical

E mma est « maitresse » dans une école maternelle. Les enfants l'aiment beaucoup et les parents sont ravis de savoir que leurs bambins commencent leur vie scolaire avec plaisir.

Lucas est auto-entrepreneur et il est connu dans son quartier pour intervenir aussitôt qu'un appareil électrique ou électronique devient capricieux. C'est lui que l'on contacte d'abord car il se met rapidement en action et avec le sourire. De plus, ces factures ne sont jamais trop lourdes et ce Lucas-là est devenu célèbre bien au-delà de son quartier. Ses voisins ont l'habitude de dire qu'il est fort intéressant de connaître un si bon « bricoleur ».

Emma et Lucas forment une famille heureuse avec leurs deux enfants, Alma, une fille âgée de huit ans, et un garçon, Anatole, plus jeune. Ils sont propriétaires d'un appartement qu'ils habitent, dans une banlieue cossue de Paris.

Cette petite famille, très cordiale, est souvent invitée par ses voisins et notamment par ceux qui partagent leur palier, Monsieur et Madame Toulemonde. Ils sont, eux aussi, parents de deux enfants : Louise et Adam.

Les enfants de ces deux couples se connaissent très bien car ils ont grandi et joué ensemble très souvent.

Or, un de ces lundis matin, Louise arrive à l'école avec un visage décomposé tandis qu'Adam pleure. Qu'est-il donc arrivé à ces deux gamins, habituellement pleins de vigueur et de joie. ? Aucun des deux ne répond aux questions posées par leurs camarades. C'est finalement la directrice de l'école qui téléphone à Madame Lucie Toulemonde.

Celle-ci lui apprend qu'elle et son mari ont décidé de divorcer. Ils ont annoncé leur décision aux enfants, le matin même. Ils leur ont aussi expliqué qu'ils resteront tous les deux avec leur mère et ne quitteront pas le quartier.

Louise, malgré son jeune âge, connait d'autres enfants dont les parent sont séparés et elle comprend parfaitement qu'elle ne verra plus son père tous les jours, alors qu'elle a une très forte relation avec lui : c'est sans doute la raison pour laquelle elle n'arrive pas à sécher ses larmes.

Quant à Adam, il pleure parce qu'il voit que sa sœur est triste, même s'il ne comprend pas exactement pourquoi.

Six mois plus tard, la routine s'est installée et les enfants s'habituent à leur nouvelle vie, même s'ils ne sourient plus très souvent.

Emma est restée proche de sa voisine, Lucie, et les enfants ont fini par reprendre leurs jeux ensemble

Quant à Lucas, il se lie d'amitié avec un certain Arthur, qui adore le bricolage et prend l'habitude de l'assister dans ses travaux. Son aide discrète devient si indispensable que Lucas finit par l'embaucher.

Un de ces dimanches d'été, Emma décide d'inviter sa voisine et ses enfants à pique-niquer dans le parc qui se situe à quelques encablures de leur immeuble. Les enfants sont ravis et acceptent bien volontiers cette distraction.

Or, Arthur, de passage dans le coin, trouve, lui aussi, qu'il serait agréable de déjeuner sur l'herbe, ce jour-là. Pour ne pas être seul, il persuade sa nièce de lui tenir compagnie. Et le voilà, tenant la petite fille par la main, et cherchant un endroit agréable pour ce déjeuner champêtre. Tout à coup, il entend une voix qu'il reconnait très précisément : celle de « son patron ».

Les présentations sont rapides et c'est ainsi qu'Arthur rencontre Lucie. Cette dernière pensa que la nièce d'Arthur était sa fille et elle supposa donc qu'il était marié.

Elle n'osa pas poser la question et avait attendu la fin de la soirée et le départ d'Arthur pour interroger Emma. Celle-ci lui confirma qu'il était célibataire et sans enfants. Mais, il était vraiment trop jeune pour elle....

De son côté, Arthur avait trouvé que Lucie était une femme charmante, mais pour lui, c'était une « vieille ».

Lorsqu'il raccompagna sa nièce, celle-ci raconta à son père, Jacques, l'après-midi formidable qu'elle avait passée avec son tonton.

Arthur, qui ne cessait de penser à Lucie, avait fini par parler d'elle à son frère, Jacques, divorcé depuis une dizaine d'années à présent.

Jacques avait beaucoup papillonné mais n'avait pas réussi à refaire sa vie. Il avait été impressionné par Lucie et demanda donc à Arthur s'il pouvait organiser un déjeuner avec elle.

La suite est facile à deviner : Jacques et Lucie se sont installés ensemble l'année suivante et c'est avec joie qu'Arthur pouvait revoir Lucie, qui faisait à présent partie de sa famille, même si elle était restée « une vieille ».

Emma et Lucas étaient ravis de cette union tandis que les enfants continuèrent à jouer ensemble.

Le respect dû à l'âge

U ne jeune femme vient de terminer ses courses dans son magasin habituel. Elle a déposé ses achats sur le comptoir et attend paisiblement son tour pour régler ses achats.

Devant elle, une dame âgée, Joséphine, discute avec la caissière. Elle explique à cette dernière qu'elle vient d'acheter deux packs de quatre bouteilles de sa boisson préférée car une réduction de cinquante pour cent s'applique pour le deuxième lot.

La caissière refuse d'enregistrer cette ristourne qui n'est pas prévue dans le logiciel de sa caisse.

Pour éviter toute erreur, elle propose deux options à Joséphine :
-retourner dans le rayon et vérifier qu'elle ne s'est pas trompée
-reposer le deuxième pack qu'elle refuse de régler au prix fort.

Joséphine, qui « connait ses droits, dit-elle » rejette les deux options car ce n'est pas à elle de se déplacer, mais à un employé du magasin. Or, aucun n'est disponible et la caissière a l'interdiction de quitter son poste.
La conversation s'envenime surtout lorsque Joséphine précise qu'elle s'est déplacée uniquement parce qu'une voisine lui a parlé de cette ristourne. Il n'est pas question qu'elle quitte le magasin les mains vides.

Or, un jeune homme, excédé par la scène à laquelle il vient d'assister, s'arrête et s'approche de la caissière :

« Madame, que vous ayez tort ou raison, ce n'est pas une façon de parler à une personne qui pourrait sans doute être votre mère. Vous lui devez au moins le respect... »

Joséphine le remercie pour son intervention mais se permet de lui préciser :

« Ce n'est pas cette dame qui m'a manqué de respect, c'est sa machine....

-Dans ces conditions, je ne peux vraiment pas vous aider et sachez que je le regrette » répondit ce sympathique client, en se dirigeant vers la sortie du magasin.

Tout à coup, Joséphine laisse son caddie sur place et court derrière cet homme qu'elle arrête dans sa course :

« Excusez-moi, monsieur, vous êtes vraiment très aimable. Tout bien réfléchi, je pense que vous pourriez peut-être m'aider.

-Ce serait avec plaisir, si vous m'expliquez comment.

-C'est bien simple. Le logiciel de cette personne, plutôt désagréable, semble être mal réglé. Or, je sais que ce magasin dispose d'une autre sortie munie de machines automatiques. Il est possible que ces dernières soient mieux codifiées et que ma remise soit alors prise en compte.

Mais, j'ai beaucoup de mal à déplacer ces bouteilles qui sont trop lourdes pour une petite femme comme moi

Si vous pouviez m'aider à les poser sur la machine puis à les mettre dans mon caddie, nous pourrions vérifier mon intuition et vous me sauveriez du ridicule

-Aucun problème En effet, votre idée est peut-être la bonne. En tout cas, je peux vous faciliter la tâche. »

Joséphine avait eu raison et elle remercia longuement cet homme si serviable.

De retour dans son appartement, elle posa dans la cuisine ses huit bouteilles de jus de raisin bio.

Elle appela immédiatement sa voisine, et ouvrit deux bouteilles qu'elles allaient boire avec un plaisir non dissimulé.

CHAPITRE 4

FAMILLE, JE VOUS (H) AI(ME)

Mère et filles

U ne de mes amies, Anna, avait eu une vie plutôt mouve-
mentée.

Elle s'était mariée très jeune, vers dix-huit ans, alors que ce
n'était pas du tout l'habitude dans ces temps-là. Son père aurait
souhaité qu'elle devienne avocate ou médecin, mais elle n'était
guère intéressée par de longues études Elle cherchait plutôt la liberté et l'autonomie.

C'était ainsi que lorsqu'elle avait rencontré Raphaël, âgé de
vingt-cinq ans, il occupait déjà, depuis quelques mois, un poste
d'agent commercial dans une société très renommée. Son salaire
confortable pouvait lui permettre de penser à fonder une famille.

Et, Raphaël et Anna, très amoureux, avaient été heureux
lorsqu'ils s'étaient enfin unis. En effet, Anna, mineure, ne pouvait
se marier qu'avec le consentement de son père. Mais, ce dernier
avait toujours espéré voir sa fille s'inscrire à la faculté de médecine.

Il avait fini par céder, lorsqu'il avait compris que son rêve ne se
réaliserait jamais.

Puis, Anna avait passé les épreuves du Baccalauréat, quelques
mois plus tard. Elle aurait souhaité trouver un emploi très rapidement, mais supposait qu'elle avait peu de compétences à offrir à
une entreprise.

C'était alors qu'elle avait décidé de se former au secrétariat puisqu'elle avait appris à « taper à la machine » au lycée. Par ailleurs, elle savait écrire sans faute d'orthographe et même compter, sans utiliser ses doigts ou sa calculette !

Elle avait enfin déniché une formation qui lui convenait parfaitement, même si elle lui paraissait trop longue (d'octobre à juin, soit une année scolaire de l'époque).

Les jours s'étaient ensuite écoulés à grande vitesse. Anna venait tout juste de terminer sa formation lorsque la première fille du couple, Léa, était apparue. La famille s'agrandissait pour le bonheur de tous. Dans ces conditions, Anna n'imaginait pas chercher un emploi. Elle préférait s'occuper de cette petite fille qui venait de naître, puisque les revenus de son conjoint pouvaient permettre une vie assez confortable.

Mais, personne n'avait prévu qu'une seconde petite fille, Jade, allait naître l'année suivante. Cette fois, Anna avait cherché, dès la sortie de la maternité, à la fois un emploi pour elle et une personne susceptible de prendre soin de ses enfants, lorsqu'elle serait au bureau.

Après plusieurs mois de recherches acharnées, elle était découragée et prête à abandonner.

Et, un de ces soirs d'automne où il ne se passe rien, Raphaël avait appris, par hasard, qu'un poste de secrétaire venait de se libérer dans une des entreprises qu'il avait l'habitude de démarcher lors de ses tournées.

Cette nouvelle allait redonner vie à Anna qui l'ignorait encore. Le lendemain matin, elle avait téléphoné à l'entreprise et obtenu un rendez-vous pour le jour même. Il faut préciser que le directeur du personnel connaissait bien Raphaël.

Bien sûr, Anna avait décroché ce poste et elle allait vivre dans cette entreprise pendant une vingtaine d'années.

Et les enfants ?

La première étudiante qui s'occupera des enfants sera la nièce d'une des amies du couple. Puis les jeunes filles, souvent étudiantes, allaient se succéder sans aucun problème apparent, pendant plusieurs années.

Mais, un de ces soirs où Anna était rentrée plus tôt que de coutume, Rose, l'étudiante qui s'occupait alors des deux petites filles, lui avait demandé, avec une inhabituelle insolence, une augmentation de son salaire. Elle avait même précisé que « monsieur » était d'accord...

La question posée, il suffisait d'y réfléchir !

Anna était cependant restée perplexe et ne comprenait pas l'attitude de cette jeune fille, plutôt douce et sympathique d'habitude.

C'était après une visite médicale chez son gynécologue que la vie d'Anna allait vraiment basculer.

Non seulement, elle avait attrapé une MST (Maladie Sexuellement Transmissible) mais elle allait apprendre que Rose était la maitresse de son mari. Raphaël lui avoua alors, sans aucune gêne, qu'il avait eu des relations sexuelles (consenties, bien sûr) avec la plupart des étudiantes et que cela n'avait rien de grave, à ses yeux. Anna avait été horrifiée par ces révélations....

Les deux familles, celles d'Anna et de Raphaël, avaient été bouleversés par la conduite du mari qui paraissait si prévenant. Personne n'arrivait à comprendre car ce couple semblait très heureux !

Ensuite, il y avait eu un divorce pour infidélité, puis le suicide de Raphaël, malgré son remariage et la naissance d'un petit garçon.
C'était, à ce moment-là que Léa avait décidé de ne plus jamais revoir sa mère, sans doute, parce qu'elle la rendait coupable de la mort de son père.

De plus, Anna s'était remariée et semblait épanouie. Elle avait quitté l'appartement dans lequel ses enfants avaient grandi, mais était toutefois restée dans le quartier de la Porte de Pantin à Paris.

Jade était restée proche de sa mère et avait même essayé de persuader sa sœur de revoir sa position et de renouer avec sa génitrice. Mais, elle avait tout simplement refusé.
A présent, la vie les deux sœurs était bien différente.

A ce jour, Léa, âgée de plus de cinquante ans, ne s'est jamais mariée et n'a pas d'enfant. Cependant, Jade avait affirmé à sa mère que sa fille ainée venait de s'acheter un appartement tout près la Porte de La Villette à Paris.

Quant à Jade, elle s'était mariée depuis longtemps et ces deux filles, adultes à présent, continuent de brillantes études.

L'histoire d'Anna, la mère, et de Léa, la fille, aurait pu s'arrêter là.
Or, un de ces jours d'été, où Anna choisissait ses fruits et légumes au marché, comme tous les vendredis, elle avait aperçu une personne qui ressemblait fortement à Léa. Cependant, les deux femmes ne s'étaient pas vues depuis une quinzaine d'années.
Anna mourait d'envie d'engager la conversation.
- Vous venez souvent au marché, ici ?
- Oui, tous les vendredis, répondit la dame.
- Moi aussi, comment se fait-il que nous ne nous soyons jamais rencontrées ?
- Nos horaires sont peut-être différents. Je présume que vous habitez le quartier, avait demandé son interlocutrice.
- Oui, je réside tout près de la Porte de La Villette, précisA Anna.
- Mon appartement se situe Porte de Pantin. Ces deux portes de Paris sont vraiment très proches, l'une de l'autre, n'est-ce-pas ? Alors, au revoir et sans doute "A bientôt".

Et la conversation s'était arrêtée là.

Anna n'a plus jamais revu cette « dame » et elle ignorera, sans doute toute sa vie, s'il s'agissait de Léa... ou pas

Un petit accident et un grand voyage

Acte I : Le père et un petit accident

C'était grâce à mon frère, qui habitait alors à New-York, que j'avais rencontré Nickie. Nous étions rapidement devenues amies et, quarante ans plus tard, le cordon entre la France et les Etats-Unis n'est toujours pas rompu, malgré la distance.

Nous n'oublierons sans doute jamais, ni l'une ni l'autre, les soirées où nous nous amusions comme des gamines, quand Nickie venait chez moi à Paris, ou quand c'était moi qui me rendais chez elle à New-York ou à Woodstock, dans une maison très agréable qu'elle possédait alors. Nous rirons sans doute encore longtemps en nous remémorant tous les films de Woody Allen que Nickie avait le plaisir de voir à NYC avant leur parution en France. Cela lui permettait bien sûr de me donner son avis. Il n'était jamais très objectif, mais cela n'avait aucune importance puisque nous adorions Woody toutes les deux.

Mon amie était fille unique et ses parents prenaient une très grande place dans sa vie. Était-ce la raison pour laquelle elle ne s'était pas mariée et n'avait pas eu d'enfant, je ne saurais le dire.

Sa mère, gastroentérologue, avait disparu depuis longtemps, à la suite d'une longue maladie incurable. Je ne l'avais rencontrée qu'une fois ou deux et je me souviens d'une femme charmante et à l'écoute de tous. Quant à son père, Joseph, dermatologue, c'était un homme sympathique, mais très directif et coléreux.

Après le décès de sa mère, Nickie, une fois retraitée, occupait une bonne partie de son temps libre à prendre soin de son père, surtout, bien sûr, pendant les dernières années de sa vie.

Un de ces jours de décembre, ce dernier l'avait appelée pour l'informer d'un petit accident sans gravité, qu'il venait de provoquer.

En effet, en sortant de son parking souterrain, il n'avait pas vu immédiatement le bus qui quittait son arrêt au moment où lui-même remontait du sous-sol.

La voiture de Joseph étant à présent dans un état lamentable, Nickie était certaine que la compagnie d'assurances n'accepterait jamais de rembourser les frais très importants nécessaires à sa remise en état.

De plus, depuis plusieurs mois, elle était très inquiète de savoir son père derrière un volant, car il roulait infiniment trop vite et ne respectait que très vaguement le code de la route dans ces rues encombrées de Brooklyn.

Elle pensait que cet accident pouvait lui servir d'alibi pour éloigner son père de la conduite. Elle était certaine qu'il refuserait d'acheter une voiture neuve, car à quatre-vingt-dix ans, il jugerait cette grosse dépense parfaitement inutile. Nickie lui demanda alors de lui confier ses clefs. Elle avait la ferme intention de vendre la voiture, si possible dans l'état où elle était, et avait posté immédiatement une annonce sur plusieurs sites de vente automobile.

Entretemps, Joseph avait pris contact avec son assureur et fait valoir, avec un tact inhabituel, qu'il n'avait pas eu le moindre accrochage depuis de nombreuses années. Après une interminable négociation, le remboursement de tous les frais de remise en état du véhicule avait enfin été accordé.

Une semaine plus tard, Nickie réclama tranquillement à son père sa seconde paire de clefs. Il refusa car, annonça-t-il, sa voiture, après réparation, était de nouveau dans son box, prête à rouler.

Nickie, terriblement embarrassée, avoua à Joseph qu'elle venait de vendre sa voiture, sans son accord préalable, mais à un bon prix et elle lui tendit un chèque libellé à son nom.

Joseph, outré, était devenu immédiatement rouge de colère et il intima à sa fille de quitter immédiatement cette maison et de ne plus chercher à le revoir.

Après trois semaines de solitude, il avait cependant téléphoné à sa fille et accepté de se séparer de sa voiture avec regret. Heureusement, l'acheteur avait eu la patience d'attendre...

Le père et la fille s'étaient bien sûr réconciliés, jusqu'au décès de Joseph, quelques mois plus tard.

Acte II : Le cousin et le grand voyage

Nickie avait été très affectée par la mort de son père. Elle se retrouvait à présent orpheline, seule au monde, et elle m'avait alors confié son regret de n'avoir pas su fonder sa propre famille.

Cependant, elle avait appris à garder autour d'elle quelques amis (et amies) sur lesquels elle pouvait s'appuyer.

Enfin, elle prenait soin de sa tante, Malka, la sœur de sa mère, dont le fils, n'avait jamais voulu s'installer aux Etats-Unis.

Ce cousin, Gabriel, qui était resté en Belgique, avait toujours considéré que l'aide apportée par Nickie à sa mère était une réelle chance pour lui, surtout après la mort de son père.

En effet, il pouvait avoir l'esprit tranquille, s'agissant de sa mère, veuve à présent, et ne venir à New-York que deux ou trois fois par an, pour lui rendre visite. Il était heureux de la trouver en parfaite santé et savait qu'il pouvait compter sur le dévouement de Nickie pour prendre soin de Malka.

Toutes les semaines, il commençait par appeler sa cousine pour avoir des nouvelles. Il passait ensuite un coup de fil à sa mère, mais sans jamais l'interroger sur sa santé, car c'était un sujet tabou entre eux.

Et, lorsque Malka avait commencé à décliner, c'était encore et toujours Nickie qui s'était occupée d'elle.

Nickie aussi qui, quand elle avait senti la fin proche, et seulement à ce moment-là, avait contacté son cousin. Ce dernier avait sauté dans le premier avion tant il lui semblait fondamental de vivre les derniers jours de sa mère avec elle.

Quant à l'enterrement de Malka, Nickie l'avait géré presque totalement car elle était la seule à connaître exactement les dernières volontés de sa tante. De plus, aucune des règles de son pays ne lui était étrangère dans ce domaine délicat des obsèques, après avoir organisé, quelques années plus tôt, l'enterrement de sa mère, puis de son père.

Gabriel avait ainsi assisté aux funérailles, comme un étranger dans un pays, qui était celui de sa mère, mais dont il ne connaissait pas grand-chose. Il avait réalisé que, sans la présence de Nickie, cette belle cérémonie d'adieu n'aurait jamais pu voir le jour.

Il s'était juré de ne jamais oublier cette providentielle cousine et de lui venir en aide en toute circonstance.

Quelques années plus tard, je sentais que Nickie perdait son punch habituel et je m'en étais inquiétée auprès de Gabriel. Ce dernier me précisa qu'elle rencontrait surtout des difficultés à s'orienter et à se déplacer seule.

Par exemple, il avait dû lui imposer de placer sa voiture dans un garage proche de son domicile, au lieu de la garer dans la rue.

En effet, me précisa-t-il, sa cousine ne pouvait plus conduire mais elle ne voulait pas l'admettre.

Il avait expliqué la situation au garagiste et avait interdit à ce dernier de laisser Nickie sortir son véhicule, sous peine de poursuite.

J'avais été très étonnée par cette information car lorsque nous nous racontions nos vies par téléphone, je n'avais jamais remarqué la moindre anomalie.

Et, quelques jours plus tard, Nickie m'avait appelée pour tout m'expliquer. Nous nous étions alors mises à rire, quand elle me rappela l'épisode vécu avec son père :

"Tu te souviens, sans aucun doute, de sa violente réaction quand j'avais vendu sa voiture pour l'empêcher de conduire.
- Bien sûr, mais tu n'es pas dans la même situation, me semble-t-il ?"
Cette question était restée sans réponse.

Ensuite, le Covid s'était manifesté dans le monde entier et tous les voyages avaient été interdits pour limiter la propagation du virus. Heureusement, le téléphone continuait à être accessible et le courant n'avait jamais été rompu.

Enfin, la vie avait repris son cours habituel, d'abord lentement, avant que les avions ne recommencent à survoler les océans, quelques mois plus tard.

Gabriel m'avait appelée plusieurs fois pour me dire que sa cousine se portait bien physiquement, mais que, si je venais à New-York, je devais savoir qu'elle ne conduisait plus du tout et que sa voiture était toujours parquée dans un garage.

Bien sûr Nickie m'avait demandé, à plusieurs reprises, si je pensais aller la voir, un de ces jours prochains à New-York. Je dois reconnaître que j'aurais aimé repartir, une fois de plus aux Etats-Unis, mais je n'avais plus le courage de quitter la France. Je craignais de tomber malade à l'étranger et je commençais aussi à sentir le poids de mes années sur mes épaules.

Alors, j'avais laissé le temps passer….jusqu'à l'appel de Gabriel, un de ces jours du joli mois de mai.
"Je t'appelle pour te dire que Nickie sera bientôt à Paris. Mais avant, elle viendra me voir à Bruxelles en septembre prochain.

Ensuite, elle ira à Paris mais il faudra que tu viennes la chercher à Roissy. Tu devras aussi t'occuper d'elle pendant tout son séjour en France et ne pas la laisser seule jusqu'à son retour dans l'avion.

- Aucun problème, en ce qui me concerne, je serai ravie de la revoir, comme tu peux t'en douter", lui avais-je confirmé.

A peine mon téléphone raccroché, j'avais appelé Nickie qui ne savait rien de la démarche de son cousin et elle s'était moquée de moi en m'affirmant qu'il s'agissait d'une blague....
Cependant, il me semble que je suis peut-être la seule à avoir compris pourquoi Gabriel voulait à tout prix offrir ce voyage à sa cousine....

Le père, la fille et la voiture

Acte I : La conduite : c'est une affaire d'hommes !

C e père-là, Isaac, adorait conduire au point qu'il avait même décidé d'être chauffeur de taxi pendant plusieurs années. C'était la fatigue et l'âge qui l'avaient obligé à quitter son volant.

Son fils, Jean, avait commencé, très jeune, à apprendre le Code de la Route. En effet, c'était lui qui s'asseyait toujours à l'avant, à côté de son père, tandis que sa mère et sa sœur occupaient les sièges à l'arrière.

Jean, qui savait parfaitement qu'il s'agissait d'une sorte de "privilège" avait pris l'habitude de rire à la moindre remarque :
"Ne vous fâchez pas, disait-il. Ma mère et ma sœur ont de la chance, et moi je suis courageux puisque j'occupe toujours la "place du mort"....

Aucune conversation n'était possible dans le véhicule, quelle que soit la durée du voyage, car Isaac enfilait immédiatement la casquette du moniteur d'auto-école de son fils, même si celui-ci n'avait rien demandé.

Au début, Jean était très fier de son "statut" et s'amusait beaucoup en écoutant son père lui expliquer toutes ses ruses pour, par exemple, doubler une voiture trop lente ou se garer rapidement dans un tout petit espace.

Mais il avait, bien sûr, fini par se lasser de ces cours « systématiques » qu'il écoutait depuis l'âge de six ans.

Si Isaac souhaitait que son fils apprenne à conduire rapidement, c'était parce que, pour lui, la conduite automobile était une sorte d'obligation masculine. Il était évidemment impensable qu'une femme conduise même une petite voiture.

Il allait d'ailleurs souffrir, tout au long de sa vie, en constatant que les femmes appréciaient de plus en plus d'être, elles aussi, assises derrière un volant.

Bien entendu, sa femme ne conduira jamais tandis que son fils obtiendra son permis de conduire le premier jour de ses dix-huit ans.

Quant à Adèle, c'était à l'âge de trente ans qu'elle décrocha avec difficulté, ce sésame. Si elle avait passé l'examen relatif au Code très facilement, ce n'est qu'après trois essais qu'elle obtiendra enfin le précieux document. D'ailleurs, elle continuera longtemps à dire que l'examinateur avait fini par lui "faire cadeau de son permis" alors qu'elle ne le méritait pas, car elle n'était pas assez attentive à la circulation, surtout à Paris.

Adèle avait longuement réfléchi avant d'acheter un véhicule.

Avec le conseil appuyé de son père, elle avait enfin trouvé une voiture d'occasion qu'elle conduira pendant une petite année.

En effet, comme les pannes étaient très fréquentes, elle appelait Isaac, fier de prouver à sa fille qu'il était encore capable de réparer. Mais cette situation était très inconfortable pour Adèle qui ne comprenait pas pourquoi, à son âge, elle était encore si dépendante de son père.

Or, un de ces soirs d'hiver, elle avait discuté de ce sujet avec une amie de toujours, Alma.

"Je voudrais bien me détacher de la tutelle de mon père, mais j'en suis incapable car il continue à entretenir ma voiture.

- Je vois ce que tu veux dire. Ote-moi d'un doute : c'est bien ton père qui t'a conseillée d'acheter cette auto car elle n'était pas très chère... et tu comprends à présent pourquoi, n'est-ce pas ? Pourtant, il me semble que tu as les moyens de t'offrir une voiture neuve, une Opel par exemple, puisque c'est ta marque préférée. Est-ce que je me trompe ? avait demandé Alma.

- Non, tu as parfaitement raison.

- Alors, achète-toi une bagnole neuve, qui te plaise, et revends celle que tu possèdes actuellement. Et, surtout ne dis rien à ton père : mets-le devant le fait accompli. Il est possible qu'il se fâche....

Adèle, après une longue réflexion, avait enfin, compris que c'était son père qui lui avait "fourré dans le crâne" une idée qui s'avérait fausse : les femmes ne seront jamais capables de conduire correctement, puisque ce n'est pas leur rôle... et qu'elles ne sont pas "nées pour ça". Isaac, macho ?

Ce père mal-aimé (pensait-il) avait parfaitement compris la démarche de sa fille. Il s'était senti pris au piège et avait dû admettre que, cette fois-ci, elle lui échappait totalement.

Cependant, rien ne l'empêchait de continuer à lui prodiguer ses conseils. Mais, la différence pour Adèle était de taille : elle se sentait enfin le droit de ne pas en tenir compte.

Acte II: Adèle, une femme qui conduit...

Et les années passèrent tranquillement. Jean avait quitté la France pour les Etats-Unis où il avait épousé une Américaine. Adèle était restée en France, s'était mariée elle aussi et était la mère de deux petites filles.

Isaac, veuf depuis longtemps, s'était finalement remarié et installé dans le treizième arrondissement de la capitale.

C'était à l'heure de la retraite, qu'il avait décidé de vendre son taxi car il possédait une moto.

Pour se rendre dans sa maison de campagne qu'il adorait occuper dès le début du printemps, c'était en effet sa moto qu'il conduisait.

Or, Adèle utilisait de moins en moins sa voiture, et son conjoint avait dans l'idée d'en acheter une neuve qui posséderait toutes les fonctionnalités actuelles : un GPS, une boîte de vitesse automatique, l'allumage des feux dès le coucher du soleil, etc...
Adèle était prête à accepter cet achat, mais voulait, dans un premier temps, garder sa propre voiture. Or, le coût de la double assurance s'était vite avéré très dissuasif.

Une idée lui avait alors traversé l'esprit : elle offrirait sa voiture à son père qui serait plus en sécurité que sur sa moto. Bien entendu, Isaac avait accepté.
Pour éviter la paperasserie engendrée par la vente, il suggéra à sa fille de rester propriétaire de la voiture. De plus, compte tenu de son âge, une assurance à son nom serait probablement très onéreuse. Adèle avait approuvé cette excellente idée.

Pendant plusieurs années, Isaac avait continué à utiliser la voiture de sa fille, sans aucun problème.

Mais un jour de juillet, il avait provoqué un léger accident dans son village d'été.
Soudainement très inquiet, il avait décidé de ne plus conduire et, le lendemain, il avait, sur un coup de tête, "mis sa voiture à la casse"....
Or, quelques jours plus tard, il avait changé d'avis et récupéré son auto. Il n'avait pas songé à prévenir Adèle car ses décisions contradictoires ne la concernaient nullement, pensait-il.

Puis, Isaac avait tranquillement continué à prendre de l'âge et après trois ou quatre ans de vie très difficile, il avait rendu l'âme chez lui, devant la télévision.

Sa femme avait organisé des obsèques grandioses et tous ses amis étaient venus lui rendre un dernier hommage.

Ce n'était que la semaine suivante qu'Adèle s'était tout à coup souvenue de sa voiture qui était garée quelque part... mais où ? Elle consulta sa belle-mère qui n'en savait rien.

Après avoir vainement arpenté les rues du treizième arrondissement à la recherche de sa voiture, elle pensait qu'il faudrait prévenir la gendarmerie parisienne.

Elle avait alors téléphoné à un agent qui avait tenté de démêler l'histoire :
- Si je comprends bien, vous avez prêté votre voiture à votre père et ce dernier vient de décéder. Vous savez que ce véhicule ne doit pas traîner dans la rue, mais n'avez aucune idée de l'endroit où il est parqué. Nous allons bien sûr vous aider. Il suffit de nous préciser l'adresse de votre père ainsi que la couleur et le numéro d'immatriculation de votre véhicule....

Deux jours plus tard, cet agent avait enfin rappelé :
- ça y est, nous avons retrouvé votre voiture. Vous m'avez bien dit qu'elle était de couleur beige, n'est-ce pas ?
- Oui, avait répondu Adèle.
- Votre père a donc dû la faire repeindre car elle est actuellement bleu marine et il n'a pas pensé à vous en informer... Les hommes sont parfois très distraits !
Ce n'est pas grave, avait-il ajouté en précisant l'endroit où se trouvait la voiture.

Ce qu'il ignorait -et Adèle également - c'était qu'elle n'était pas au bout de ses surprises....

L'après-midi même, elle récupéra son auto qu'elle parqua près de chez elle. Quelques jours plus tard, elle avait décidé de la vendre à un garagiste. Ce n'était sans doute pas la manière idéale pour en obtenir le meilleur prix mais c'était la plus simple et la plus rapide.

Deux jours plus tard, le garagiste avait repris contact avec Adèle :

- Pour une raison que nous ignorons, votre voiture est invendable. Nous vous conseillons vivement de vous rendre rapidement à la Préfecture de Police.

Adèle, très inquiète, après avoir déjeuné sur le pouce, s'était mise en route.

L'agent qui l'avait reçue, lui demanda où se trouvait sa voiture.

- Elle est à présent chez un garagiste, proche de mon domicile, et il a pour mission de la vendre ....dit-elle

- Vous êtes sûre que c'est bien la vôtre ? J'ai entendu dire, par mes collègues, que vous aviez rencontré quelques difficultés à la retrouver après la mort de votre père...

- C'est exact. Mais, la carte grise se trouvait dans la boîte à gants....

- Pouvez-vous me la monter ?

- Je n'ai qu'une photocopie car j'ai laissé l'original chez le garagiste.

- Et c'est lui qui a attiré votre attention sur le fait que votre véhicule était invendable et vous ne comprenez pas pourquoi...

- Très exactement. Mon père a utilisé ce véhicule pendant plusieurs années et il ne m'a jamais fait part de la moindre difficulté.

- Je vais donc vous étonner mais votre père avait "mis la voiture à la casse" et elle devrait donc être détruite. Nous allons faire une enquête avant de vous autorisez à la vendre..... avait précisé l'agent.

Adèle avait préféré rire de cette histoire et six mois plus tard la voiture était enfin vendue.

Cependant pendant un trimestre, Adèle avait reçu chez elle, trois contraventions pour stationnement interdit. Elle était retournée à la Préfecture qui lui confirma que ce n'était pas à elle de payer mais au nouveau conducteur évidemment !

Adèle était convaincue que son père avait voulu lui adresser un dernier clin d'œil pour qu'elle ne l'oublie pas... tout de suite !

CHAPITRE 5

OBJETS INANIMES
AVEZ-VOUS DONC UNE AME ?

Une histoire de paillasson

P endant de longues années, Olivia avait habité le même appartement, celui où ses deux enfants étaient nées, où elle avait divorcé et où elle s'était remariée. Sa vie était donc très liée à cet endroit.

Toutefois, sa seconde alliance lui semblait être une bonne opportunité pour "aller vivre ailleurs". Elle se sentait pourtant parfaitement à l'aise dans ce logement. Si une grande partie des locataires de l'immeuble, devenus des amis depuis plusieurs décennies, avaient quitté l'immeuble, c'était souvent pour rejoindre leur région natale, au moment de la retraite.

Quant à elle, il lui restait encore trois ou quatre années avant de quitter le monde du travail.

Après le départ de ses enfants, son second conjoint, Adam, avait abandonné sa belle banlieue. Son employeur venait de transférer ses activités dans une filiale à Paris et c'était une excellente excuse pour s'installer chez Olivia et vivre avec elle.

Adam, banlieusard depuis sa naissance, avait rencontré quelques difficultés à s'accoutumer à la vie parisienne, plutôt bruyante, d'autant qu'il avait toujours vécu en pavillon et dans le calme.

Un certain nombre d'habitudes parisiennes l'exaspéraient : par exemple, les personnes qui se sentent le droit de vous bousculer pour ne pas rater leur bus ou leur métro, celles qui passent devant vous sans tenir la porte qui vous claque au visage, ou encore celles qui hurlent dans leur smartphone....

Mais, ce qui le rendait presque fou, c'était de rentrer chez lui, sans pouvoir s'essuyer les pieds, faute de paillasson.

Pourtant, Olivia, qui était locataire, avait pris soin de lui expliquer que la pose de ce type de tapis avait été interdite par le bailleur pour faciliter le travail du personnel d'entretien.

Adam avait parfaitement compris cette interdiction mais elle lui paraissait contraire à sa vision de la propreté.

Alors, quelques mois après son installation avec Olivia, il avait fini, sur un coup de tête, par acheter un superbe paillasson et l'avait posé sur le pas de sa porte.

Olivia s'en était étonnée, mais finalement, elle avait dû admettre que ce tapis embellissait plutôt le palier. D'ailleurs, non seulement les voisins n'avaient pas réagi, mais ils lui avaient confirmé qu'ils s'apprêtaient à les imiter.

Le jour de nettoyage, soit le jeudi suivant, l'homme de ménage n'avait fait aucun commentaire. Avait-il soulevé le paillasson pour nettoyer le palier ? La question reste ouverte mais ce monsieur ne s'était pas plaint au régisseur et ni Olivia ni Adam n'avaient été sermonnés par le bailleur.

Tout se déroulait donc parfaitement et le couple aurait pu continuer à vivre ainsi.

Mais, l'heure de la retraite avait finalement sonné pour l'un, puis pour l'autre. Et une nouvelle vie s'offrait à eux...

La question s'était alors posée tout simplement : allaient-ils rester dans leur domicile dont le loyer était plutôt modéré, ou le quitter pour acheter un appartement ? Après mûre réflexion, ils avaient jugé préférable de chercher un nouveau lieu de vie dans la capitale ou ailleurs ?

Alors, ils avaient parcouru la France du Nord au Sud et d'Est en Ouest.

Leur voyage avait débuté par Marseille et son soleil éclatant, mais ils pensaient que le contact serait difficile à maintenir avec leurs amis parisiens.

Aix-en-Provence les avait vraiment séduits, mais, ils avaient, là encore, peur de perdre une partie de leur réseau amical et familial.

Ils avaient traversé d'autres villes dont Vichy où ils avaient sérieusement examiné deux propositions d'appartements à vendre.

Mais, ils n'arrivaient pas à prendre une décision ferme, et après plusieurs mois de vaine pérégrination, ils avaient enfin acquis la conviction qu'ils ne voulaient pas quitter Paris.

Et, « du coup » leurs recherches s'étaient alors avérées beaucoup plus efficaces, à présent que toutes les incertitudes s'étaient envolées.

Ils commencèrent par s'intéresser aux "quartiers chics" de la capitale : le seizième, le cinquième et le septième arrondissements étaient, comme ils le pensaient, hors d'atteinte. Le budget qu'ils s'étaient alloué leur permettait tout juste d'acheter un micro-studio !

Ils avaient ensuite visité quelques logements bien placés du côté de la République et de la Bastille. Bien sûr, les prix étaient déjà plus à leur portée, mais ils se refusaient à acheter une petite surface.

Pour vivre leur retraite paisiblement, ils préféraient trouver un lieu de vie plus spacieux. Enfin, ils voulaient éviter de s'endetter, car si les taux des prêts étaient bas à cette époque, les assurances s'avéraient très onéreuses pour des emprunteurs de leur âge.
Alors, ils avaient pensé que le plus simple serait, peut-être, de rester dans leur quartier bien achalandé du point de vue commercial et médical.

Rien ne manquait : chaque jour avait son marché de fruits et légumes, les supermarchés abondaient et certains étaient même ouverts le dimanche matin.

Quant au domaine médical, ce quartier était très bien loti en maisons de santé, ou en laboratoires d'analyses comme en médecins généralistes ou spécialistes.

Il suffisait donc à présent de démarcher les agences immobilières du quartier, et elles étaient nombreuses.

Cependant, Olivia et Adam espéraient, tout d'abord, faire le tour des résidences bâties dans le quartier au milieu des années soixante, afin de pouvoir, se décider plus aisément.

Ils avaient rapidement découvert une vaste copropriété composée d'un ensemble de bâtiments entourant un superbe espace vert très bien entretenu.

Après y avoir déniché deux ou trois appartements à vendre, leur choix s'était arrêté sur un logement situé au septième étage, qui leur convenait parfaitement, avec une belle superficie et plusieurs balcons.

Mais, le prix demandé par l'agence était un peu plus élevé que leur budget...Que faire ?

C'était finalement Internet qui allait leur venir en aide.

Alors qu'Olivia cherchait sur son ordinateur une boutique de vêtements dans son quartier, elle avait découvert, tout à fait par hasard, qu'un habitant de la résidence qu'ils convoitaient, venait de poster une annonce. Il vendait son appartement pour quitter la capitale, beaucoup trop bruyante à son gré.

Adam avait tout de suite pris contact avec ce propriétaire, car il espérait économiser ainsi la commission de l'agence immobilière. De plus, le prix affiché paraissait très bas, et il voulait savoir pourquoi cet appartement était bradé.

Les évènements s'étaient ensuite enchaînés très rapidement. Ce logement était en très mauvais état, mais Adam affirma qu'il était capable d'effectuer quelques gros travaux, si toutefois ils restaient dans leur logement actuel au moins deux trimestres de plus. Cela signifiait de continuer à régler le loyer, mais c'était une option viable car ces travaux, effectués par une entreprise, coûteraient vraisemblablement beaucoup plus cher.

Adam avait travaillé d'arrache-pied pendant plusieurs mois et l'affaire avait été rondement menée.

Après avoir nettoyé et recouvert d'un blanc lumineux les plafonds jaunis par la fumée de cigarettes, il avait remplacé, dans toutes les pièces, la moquette d'un autre âge par des planchers en bois resplendissants tandis que de discrets papiers-peints ornaient à présent tous les murs. L'électricité, dont les circuits avaient été totalement repensés, offrait un confort plus moderne. La porte de la cuisine avait même été judicieusement déplacée, afin de permettre l'installation d'un réfrigérateur.

Et six mois plus tard, le couple s'apprêtait à déménager.

Cependant, Olivia avait beaucoup de mal à quitter son appartement. Elle voulait tout emporter, jusqu'aux objets qu'elle détestait et aux vêtements qu'elle ne portait plus depuis des décennies. Elle n'arrivait pas à jeter non plus les talons de chèques ou les livres anciens qui avaient perdu jusqu'à leur couleur.

Quant au paillasson, il n'était évidemment pas question de le laisser.

En ce jour de déménagement, Adam venait de bien l'envelopper dans un solide papier kraft, lorsqu'il avait tout à coup envisagé qu'il pourrait être volé pendant le transport. Il ne pouvait pas prendre ce risque !

Tout à coup, il s'était souvenu qu'il lui restait un fond de peinture blanche dans un de ces pots qu'il n'avait pas encore jeté. Il déballa alors le paillasson et inscrivit au verso, en gros caractère, son nom de famille. Il était ainsi tranquillisé.

Le paillasson, qu'on appelait aussi "tapis-brosse" et qui n'avait pas disparu pendant le déménagement, avait trouvé sa place devant la porte de leur nouvelle demeure.

Adam continuait à se frotter les pieds avant d'entrer chez lui et il se permettait de faire une remarque à quiconque n'en faisait pas autant. C'était ainsi qu'Olivia avait pris cette habitude elle aussi.

Quelques années après les péripéties du déménagement, la copropriété avait décidé d'effectuer des travaux concernant les conduites d'eau et la mise en place du réseau informatique.

Pour éviter de détériorer les paillassons, les ouvriers les avaient tous rangés dans le même placard, à chaque étage. Adam avait vérifié la présence du sien.

Deux semaines plus tard, alors que tout avait repris sa place, Olivia remarqua, en rentrant chez elle, l'absence de son "tapis brosse" alors que tous les autres semblaient remis à leur place.

Heureusement, Adam était absent et par téléphone, Olivia lui avait fait part du "drame".

Elle avait confirmé avoir cherché à tous les étages et elle craignait le désappointement de son mari. Mais, à sa surprise, il lui avait répondu :
"Ne t'inquiète pas. Je suis sûr que celui qui a volé notre paillasson va nous le rendre très rapidement, dès qu'il aura découvert notre nom en gros caractères blancs, sur la face arrière".

Olivia n'était pas rassurée du tout et avait informé le régisseur du "forfait" ....

Pourtant, quelques jours plus tard, alors qu'Adam n'était pas encore rentré de son court voyage d'affaires, Olivia avait retrouvé son paillasson gentiment posé devant sa porte....

Les blouses à l'école

J e me souviens, dans mon jeune âge, alors que je terminais mes études au sein d'un grand lycée parisien, que le port de la blouse était obligatoire.

Je dois préciser qu'il s'agissait d'un lycée de jeunes filles, très strict, où la directrice accueillait elle-même les élèves tous les matins.

Le maquillage était prohibé. Quiconque avait osé utiliser un rouge à lèvres ou un rimmel même discret, était prié de se rendre dans les toilettes et de se "débarbouiller", avant d'entrer dans la classe.

Chaque élève devait posséder deux sortes de blouses, l'une de couleur grise et l'autre blanche avec de belles rayures rouges. Ces tabliers étaient fournis par l'école mais les familles devaient en assumer le coût et l'entretien, quels que soient leurs revenus.

Pourquoi deux blouses par élève ? Simplement pour s'assurer que ces vêtements seraient lavés régulièrement.

Dès le début de la semaine, nous devions porter la blouse grise puis l'autre la semaine suivante. Ces vêtements devaient rester dans l'établissement. Le matin, les élèves enfilaient leur tablier et l'accrochaient le soir au porte manteaux, lorsque la cloche de seize heures trente sonnait.

Je n'avais jamais entendu une élève, fréquentant ce lycée, se plaindre du « port de la blouse », puisque celle-ci cachait tous les autres vêtements.

En revanche, chaque élève veillait à porter de belles chaussures puisque c'était le seul « vêtement » qui pouvait faire la différence entre les familles riches et celles qui ne l'étaient pas.

L'exercice était cependant assez difficile puisque les talons aiguilles étaient strictement interdits dans l'établissement. Quant aux baskets, qui naissaient à peine, elles étaient absentes car jugées très peu féminines....

Alors, jusqu'à présent, mes petites filles s'habillent comme elles le souhaitent et paraissent heureuses.

Et voilà que notre gouvernement parle de raviver la règle qui obligerait tous les écoliers et lycéens à porter une « tenue unique » !

Un permis de conduire

L ouise et Arthur, un couple parisien avec lequel nous étions très liés, avait décidé de descendre dans le sud de la France. Ils souhaitaient rendre visite à quelques membres de leur famille dont ils n'avaient que de très rares nouvelles.

Or Louise avait cessé de conduire, deux ans plus tôt, depuis l'achat de leur voiture neuve. En effet, elle maitrisait mal les nouvelles technologies et craignait de "s'emmêler les pédales" et de causer un accident.

C'était donc son mari qui prenait toujours le volant, malgré son âge avancé.

Leurs amis avaient promis de les attendre tranquillement, dans ce joli village nommé Oraison, qui n'était raccordé à aucune gare. Or, Arthur avait déjà fait plusieurs fois le chemin, quelques années plus tôt, et il se souvenait qu'il était possible de prendre un train puis de louer une voiture.

C'était l'option qu'il allait choisir, une fois de plus.

Plutôt habile avec l'informatique, Arthur avait réussi, en moins d'une heure, à acheter, sur le site de la SNCF, les billets de train pour l'aller et le retour. Il avait aussi réservé, sur un autre site, un véhicule pour la suite du trajet.

Le voyage semblait bien se présenter et Louise avait, ce matin-là, appelé un taxi, pour éviter un transport pénible des valises dans le métro.

La circulation était déjà difficile, alors qu'il n'était pas encore sept heures du matin. Ils étaient cependant tranquilles puisque leur train ne devait pas quitter la capitale avant huit heures trente.
Mais, c'était finalement à huit heures et dix minutes qu'ils étaient arrivés à la gare, un peu inquiets.

Ils avaient immédiatement aperçu un panneau qui leur précisait que "le train 3412 était prévu pour neuf heures quarante".

Bien entendu, tous les bancs étaient occupés dans le centre de cette gare et il était difficile d'imaginer attendre une heure...debout !

Le couple s'était alors promené, bras dessus bras dessous dans la gare, en trainant les bagages. Après un rapide tour de lèche-vitrine dans la galerie marchande, ils avaient aperçu deux places assises qui venaient de se libérer, loin du bruit, et face à un tableau d'affichage.

Le train 3412 avait enfin quitté la gare avec plus d'une heure de retard.

En montant dans le train, Louise, stupéfaite, allait découvrir le plaisir de voyager en première classe. Son mari lui confia que la différence de prix avec un billet de seconde était si minime qu'il n'avait aucunement hésité.

Cette initiative avait été applaudie par Louise qui félicita son conjoint pour la tranquillité régnant dans ce wagon. En effet, aucun enfant ne criait, ni ne courait dans tous les sens. Les voyageurs semblaient être de "jeunes cadres dynamiques en voyage d'affaires". Ils entretenaient tous un amour infini pour leur smartphone qui sonnait - discrètement- toutes les trois minutes. Pour répondre, les uns et les autres appliquaient le règlement en continuant leurs conversations sur la plate-forme prévue à cet effet.

Quatre heures plus tard, nos voyageurs étaient enfin arrivés à destination. Il fallait encore trouver le centre de location automobile, mais il était très bien indiqué.

En sortant de la gare, ils avaient aperçu deux loueurs et l'un était évidemment le leur. En s'approchant de cette boutique, ils avaient constaté qu'une dizaine de personnes patientaient déjà.

Heureusement, l'attente avait été relativement courte et lorsque leur tour était enfin venu, Arthur présenta son ticket de réservation, acheté sur Internet.

L'hôtesse lui demanda sa carte d'identité et son permis de conduire. Arthur avait sorti le premier document immédiatement et croyait avoir placé le second, dans la même pochette. Or, ce permis de conduire était introuvable !

La directrice de l'agence, Alice, appelée rapidement, confirma qu'il lui était impossible de louer une voiture sans enregistrer le numéro du permis de conduire.

Arthur expliqua qu'il avait oublié ce document, mais qu'il en avait peut-être une copie dans son téléphone. Après avoir cherché vainement, au milieu de centaines de photos, Arthur avait dû se rendre à l'évidence : il ne possédait pas non plus de copie de ce fichu document.

Alice, en quête de solutions, imagina que Louise possédait peut-être un permis de conduire. Elle en avait effectivement un mais, comme elle ne conduisait plus depuis très longtemps, le document n'avait aucune raison de se trouver dans son sac à main.

Alice, courtoisement, avait demandé à un chauffeur de taxi s'il pouvait déposer ses clients à Oraison. Après un rapide calcul, elle avait compris que ce transport couterait un minimum de quatre cents euros, pour un périple de plus de deux cents kilomètres. Trop cher, que faire ?

Elle avait eu une autre idée : un des cars, partant de cette gare, passait une fois par jour à Oraison. Elle appela immédiatement l'entreprise gestionnaire de ces transports et on lui apprit que le car en question se trouverait devant la gare, dans moins de dix minutes.

Arthur et Louise étaient donc sauvés et l'histoire aurait dû s'arrêter là.

Or, si le car était bien arrivé à l'heure dite, le chauffeur refusa, sans la moindre explication, de prendre ces deux passagers. Pourtant, son véhicule était vide. Les cris d'Alice, très mécontente, n'avaient pas réussi à le faire changer d'avis.

Face à cette situation, Louise avait téléphoné à son oncle pour lui demander s'il pouvait venir les chercher. Elle savait qu'il refuserait car le chemin était très long pour un homme âgé de plus de quatre-vingts ans.

Leur voyage allait donc prendre fin "ici et maintenant"....

Et tout à coup, Arthur s'était souvenu qu'il était déjà venu dans cette gare et qu'il y avait loué un véhicule auprès d'une autre enseigne. Il s'empressa de le préciser à Alice.

Cette dernière se trouvait dans une situation difficile car elle allait devoir questionner un de ses concurrents. Mais, elle ne prit pas le temps de réfléchir et se dirigea vers cette officine installée à l'intérieur de la gare. Elle ne dira pas qu'elle avait été accueillie avec sympathie, mais une des secrétaires accepta d'effectuer cette recherche pour elle.

Quelque vingt minutes plus tard, la copie du permis de conduire, retrouvée dans les archives de l'ordinateur de la compagnie concurrente, avait permis de dévoiler le numéro tant recherché.

Et, lorsqu'Arthur et Louise montèrent enfin dans cette belle voiture, ils poussèrent un grand ouf de soulagement. Ils venaient de réaliser qu'ils avaient presque cessé de respirer pendant ces quelques heures d'anxiété. Leurs corps recommençaient enfin à fonctionner normalement, malgré le stress. En effet, Louise ne cessait de tousser tandis qu'Artur prenait enfin possession du véhicule.

Après réflexion, il semblerait que ce conducteur, qui avait refusé de les laisser monter dans son car, avait finalement fait une "bonne action" sans le vouloir.

En effet, Louise et Arthur auraient perdu le prix de la location réglé pour la réservation de la voiture, ce qui n'était pas très grave. Mais surtout, ils auraient eu, sans aucun doute, quelques difficultés à organiser leur voyage de retour dans la capitale...

Lorsqu'ils avaient enfin rendu la voiture, une semaine plus tard, ils avaient souhaité remercier chaudement Alice, pour son aide, mais elle n'était pas de service ce jour-là.

Alors, ils avaient rédigé une belle lettre à son intention.

Et, Arthur s'était juré que ce petit papier sur lequel figure la mention "Permis de conduire" suivie de son prénom et de son nom ne quitterait plus jamais son portefeuille...

Libérer l'espace

C ette histoire avait commencé un jour où ma fille m'avait apporté un livre qu'elle me suggérait de parcourir, pour y trouver des informations utiles en matière de classement et de rangement.

En effet, je me plaignais souvent de "n'avoir rien à mettre" alors que mes placards regorgeaient, bien sûr, de vêtements de toutes sortes.

Je dois reconnaître que j'en étais parfaitement consciente. Mais, que faire si deux de mes pantalons noirs sont trop serrés, tandis qu'un autre me semble trop large ou si ce gilet a beaucoup rétréci au lavage et si cet autre me parait démodé.

De plus, autrefois j'aimais beaucoup le bleu et le noir, des couleurs très discrètes et anonymes mais, à présent, je préfère le rouge pour qu'on me remarque, car je suis devenue une "toute petite bonne femme" qui passe souvent inaperçue !

Heureusement, j'ai encore un monceau de vêtements que je porte constamment car à peine lavés, je les pose sur un radiateur pour qu'ils sèchent plus vite et je ne prends pas la peine de les repasser.

J'avais donc entre les mains un livre, écrit par une Japonaise très connue dans son pays, qui allait peut-être me permettre de "déstocker".

Lorsque j'avais ouvert ce petit fascicule à couverture rouge, j'ignorais que j'allais vivre la semaine la plus courte de ma vie.

En effet, la moindre minute de liberté me poussait à lire...

Au début, le concept me paraissait étonnant. Il suffisait, du moins pour ce qui concerne les vêtements, de les rassembler par type , c'est-à-dire par exemple : une pile de pantalons, une autre de chemisiers, une troisième de sous-vêtements, une quatrième de chaussures, etc.....

Une fois ma lecture terminée, je m'étais rapidement mise à la tâche.

J'avais d'abord constaté que certains de mes vêtements n'avaient pas quitté leurs cintres depuis quelques années. D'autres avaient été totalement oubliés au fond d'un tiroir ou d'une penderie. Je possédais toujours aussi des sous-vêtements que je ne pouvais plus enfiler à présent.

J'avais même retrouvé, avec un certain sourire, le chapeau acheté spécialement pour le mariage d'une de mes amies, divorcée à présent...

A la fin du mois, le salon était encombré de piles de vêtements et il fallait se frayer un chemin pour atteindre le canapé, si l'on voulait s'y asseoir.

J'étais à la fois ravie de m'apercevoir que j'avais été capable de me livrer à cette opération, et très inquiète à l'idée qu'il me faudrait maintenant continuer le chemin.

L'étape suivante consistait à observer chaque vêtement et à le déposer dans l'une ou l'autre des trois piles, mentionnées dans le livre :

- l'une devait recevoir les vêtements que j'aimais vraiment ;
- la seconde ceux que je ne portais plus depuis longtemps et/ou qui ne me plaisaient plus ;

- enfin, la dernière, la plus complexe, allait regrouper les habits de toutes sortes, que je ne pouvais (ou ne voulais) pas déposer dans les deux autres piles.

Cette première phase m'avait permis de faire un tri très sérieux.

Je ne savais que faire de ces robes et de ces tailleurs, encore en très bon état, qui avaient rejoint la troisième pile.
Je les avais jadis portés fièrement lorsque, par exemple, le Président de l'entreprise qui m'employait à l'époque, nous rassemblait pour nous souhaiter de "bonnes fêtes de Noël" ou nous informer des résultats brillants de nos filiales.

Mais, que dire de ces chaussures à talons aiguille que je n'osais plus enfiler notamment pour éviter une éventuelle chute ?

J'avais rapidement pensé à ma petite-fille, très à l'aise sur les réseaux sociaux, et elle m'avait affirmé qu'elle saurait vendre quelques-uns de ces vêtements, même s'ils étaient démodés.

Quelques mois plus tard, elle m'avait en effet confirmé qu'elle s'était débarrassée d'une grande partie du «stock »". Elle avait aussi gardé plusieurs de mes tailleurs, les plus sobres, pour se présenter le jour où elle commencerait à chercher un emploi !

Quant aux vêtements dont je ne savais que faire, j'avais décidé de les confier à une œuvre de bienfaisance proche de chez moi. J'avais d'ailleurs profité de ma démarche pour abandonner quelques bibelots.

Ma garde-robe personnelle est encore actuellement bien fournie.

Et, chaque fois que j'ouvre mon placard, je m'imagine que mes vêtements (du moins ceux que j'ai gardés) respirent enfin librement à présent dans cet espace "désencombré".

J'ouvre alors en grand les deux battants de la fenêtre pour aérer un peu plus....et leur offrir un grand bol d'air !

Où il est question d'un pull-over

Après avoir fait ce grand ménage dans ma garde-robe, je n'avais pas réussi à acheter le moindre vêtement pendant plus d'une année.

Bien sûr, je portais avec plaisir tous les pantalons, chemisiers, tee-shirts ou manteaux que j'avais gardés puisque je les aimais.

Mais, je m'étais plusieurs fois surprise à admirer l'une ou l'autre de ces femmes portant une tenue qui me plaisait vraiment, et j'avais décidé de devenir un peu plus attentive pour comprendre le type d'habits qui provoquait en moi cette frustration.

Quelques jours plus tard, j'avais aperçu, dans le métro, une adolescente qui portait un imperméable de toute beauté. Je l'avais longuement observée avant qu'elle ne quitte la rame. Dès qu'elle avait disparue, j'avais réalisé à quel point sa tenue me semblait faite pour elle.

Alors, je m'étais demandé si c'était cet imperméable qui me plaisait ou plutôt le souvenir de ma "jeunesse disparue" que j'avais revue en elle.

Cette question était restée sans réponse immédiate

J'avais répété plusieurs fois cette "situation" avec des femmes, élégamment vêtues et plus âgées sans que le même phénomène ne se reproduise.

Et, voilà qu'un jour, j'avais aperçu dans la vitrine d'un magasin où je n'avais jamais mis les pieds auparavant, un petit pullover qui me plaisait vraiment. J'étais entrée dans la boutique et j'avais regardé les étiquettes. Dommage, mais le prix me paraissait exorbitant et j'étais sortie, un peu triste....

Et puis, un autre jour où par hasard, je me promenais loin de chez moi, j'avais aperçu un pull qui ressemblait fortement à celui qui avait attiré mon regard le mois précédent.

Je m'étais à peine faufilée dans la boutique, lorsqu'une vendeuse m'avait indiqué le salon d'essayage. Ce vêtement me convenait parfaitement et j'avais décidé de l'acheter sans même réfléchir. Mais, ce pull ne portait aucune étiquette de prix et je craignais le pire évidemment.

Je m'étais donc rapprochée de la vendeuse qui me renseigna : « C'est cinq Euros, ma petite dame » m'annonça-t-elle !

Devant mon air étonné, elle m'expliqua qu'il s'agissait d'un vêtement de seconde main et que je n'étais pas obligée de l'acheter si le concept me déplaisait.

« Au contraire », avais-je répondu, je pense que c'est une idée très intéressante et c'est avec grand plaisir que je vais acheter ce pull qui me plait vraiment."

La fièvre acheteuse

E t puis, le temps passait et je recommençais à être envahie par la "fièvre acheteuse".

Le mois suivant, dans le premier magasin où j'étais entrée, je n'avais trouvé aucun vêtement qui me convienne. Dans le second, après avoir tourné en rond pendant une heure, je m'étais rendu compte que les vêtements que je possédais me plaisaient bien davantage que ceux que je voyais dans cette boutique, pourtant bien achalandée.

Alors, j'avais pris l'habitude de faire du shopping sans acheter quoi que ce soit, juste pour le plaisir de découvrir les nouvelles tendances de la mode.

Et, après quelques semaines de temps perdu, j'avais enfin compris que j'aimais faire du shopping mais que mes vêtements, fabriqués en France plutôt qu'en Chine, me permettraient peut-être de ne pas recommencer à stocker.

De plus, les prix de l'habillement avaient tellement flambé que je me sentais incapable de dépenser tant d'argent pour ce beau pantalon, par exemple. C'était, à présent, la consommatrice qui refusait d'accepter une inflation non contrôlée car elle amenait à surpayer des vêtements ou des objets rapidement démodés ou inutiles.

Or, un de ces jours, j'avais reçu une invitation à une conférence nommée "Libérer l'espace pour libérer l'esprit". Je m'étais inscrite immédiatement.

J'avais été heureuse de constater qu'un grand nombre de personnes - surtout des femmes - était intéressé par ce concept et c'était avec plaisir que j'avais raconté ma propre expérience.

Toutefois, je sais, à présent, que mon chemin ne doit pas s'arrêter là.

Il est peut-être temps, à présent, de faire un tri dans les meubles, les bibelots et les objets "qui ont une âme"...

Mais, que dire de ces monticules de papiers, amassés depuis des dizaines d'années que l'on garde même si l'on sait qu'ils ne serviront plus et qu'il faudra bien jeter un jour ?

Alors, comment faire pour détruire des bulletins de salaires, vestiges de notre vie professionnelle ? Et cette carte qui dit "Bonne fête maman" ou cette autre qui porte l'écriture de ses parents ou de personnes aimées et à présent disparues ?

Le travail qui reste à accomplir demande une grande force de caractère et d'énergie que je ne suis pas sûre de posséder encore aujourd'hui.

Toutefois, si j'arrive au but, je suis convaincue que mes héritiers seront heureux de constater que le ménage avait été fait...

Sinon, ce sera leur rôle de choisir ce qu'il faudra garder ou pas et ....c'est ainsi qu'ils "mériteront" peut-être leur part d'héritage.

Les floralies en Provence

J eanne, une amie de longue date, qui habitait Marseille, nous avait invités à fêter son anniversaire, au tout début du printemps de cette année-là. Sa grande et belle maison allait accueillir de nombreux invités appartenant comme elle, au monde de la médecine.

Nous connaissions Jeanne depuis si longtemps que certains de ses amis étaient devenus les nôtres et nous avions été heureux de les revoir.

Quelques tables, judicieusement disposées sur la terrasse, nous offraient une belle vue sur la piscine. Personne ne s'était baigné ce soir-là, mais nous avions tous chanté et dansé, en dégustant les plats que Jeanne et sa fille avaient soigneusement préparés.

C'était au lever du jour seulement que cette soirée, très animée, s'était achevée.

De nombreuses photos, prises pour immortaliser cet évènement, sont toujours stockées dans ma boite mail et, lorsque la fatigue me gagne, je les regarde avec plaisir pour retrouver ma joie de vivre.

C'était le lendemain, un dimanche, que, sur le conseil de notre amie, nous avions décidé de nous rendre à cette « foire annuelle aux fleurs » qui se déroulait tous les ans, à cette époque. Nous avions, en effet, évoqué l'idée d'égayer notre balcon parisien, complétement vide actuellement, de quelques fleurs qui pourraient s'y épanouir.

La manifestation se déroulait dans un immense parc paysagé où les exposants étaient confortablement installés dans de petites cabanes de toile fort agréables.

Dès l'entrée dans cet immense espace de verdure, nous avions été surpris par le nombre de visiteurs qui se promenaient déjà dans les allées, alors qu'il était tout juste dix heures du matin.

Tout de suite attirés par les senteurs émanant de ces magnifiques jasmins en fleurs, nous avions déambulé, pendant plusieurs heures, dans ce jardin à ciel ouvert. Jardiniers, horticulteurs, pépiniéristes, maraichers et autres botanistes présentaient au public leurs superbes créations, toutes à vendre et à planter.

Alors, pourquoi ne pourrions-nous pas mettre en terre, dans nos bacs, des fuchsias bleus ou des œillets anglais blancs avec leurs cœurs rouges ? Et que penser de ces fraisiers grimpants ou de ces poiriers nains ou de ces splendides rosiers ou encore de ces camélias d'un rouge éclatant ?

Séduits par cette "ronde de plantes", nous avions presque oublié que nous ne disposions personnellement d'aucun espace vert à Paris. Le seul petit endroit disponible sur notre balcon pouvait à peine nous permettre de planter quelques géraniums ou des petits bégonias...A présent, nous devions arrêter de rêver à ce magnifique jardin que nous ne pourrons jamais admirer sur notre balcon.

Nous avions finalement acheté une splendide gerbe de fleurs, facile à transporter dans le train qui nous ramènerait le lendemain à Paris. Avant de quitter cet endroit féérique, nous avions demandé à l'un de ces fleuristes de nous préparer un merveilleux bouquet pour Jeanne.

Puis, pendant toute la soirée, qui était la dernière à Marseille, nous lui avions confirmé à quel point cette visite nous avait enchantés.

Après nous avoir écoutés avec une oreille attentive, elle nous posa la question que nous redoutions :

"Vous avez apparemment été, tous les deux, éblouis par cette exposition et j'en suis ravie.

Mais, si je ne me trompe pas, vous ne m'avez pas précisé avec quel type de fleurs vous alliez finalement embellir votre balcon ?"

C'était avec un certain embarras, que nous lui avions avoué que notre bouquet était composé de fleurs... artificielles.

CHAPITRE 6

ET MAINTENANT, SI L'ON PARLAIT D'AMOUR...

Sylvie et Franck

Une de mes amies de toujours, Sylvie, qui approchait de la retraite, avait vécu après son divorce, une histoire d'amour avec Franck, un homme qu'elle avait rencontré lors d'un entretien d'embauche.

En effet, Franck s'était présenté pour occuper un poste de Chef Comptable dans l'entreprise où Sylvie était alors chargée du recrutement.

Leur relation avait été très discrète, même si quelques mauvaises langues s'étaient chargées de faire circuler cette « histoire d'amour » qui n'a pas duré toujours...

Sylvie avait vite compris qu'elle plaisait à ce comptable, plutôt bel homme, un peu plus jeune qu'elle et père de deux enfants qui venaient de terminer leurs études avec succès.

Il lui apprit qu'il était veuf depuis quelques années, après le suicide de sa femme, Amélie. Mais, Sylvie n'arrivait pas à comprendre, malgré toutes les explications de Franck, pourquoi sa compagne s'était donné la mort, jusqu'au jour où...

...ce bel Italien, lui proposa de partir en vacances avec lui dans son pays natal.

Pour une raison qu'elle ignorait, elle mourait d'envie de refuser. Mais elle espérait avoir rencontré « l'homme de sa vie » et pensait que Franck voulait, tout simplement, la présenter à sa famille. Elle ne s'était pas trompée, quoi que..

Edwina, la mère de Franck, veuve depuis très longtemps, était propriétaire d'un très beau bâtiment de quatre étages, dans un petit village.

Pour les vacances, elle invitait toujours ses trois enfants et leur famille pendant une quinzaine de jours : son fils aîné Christophe, sa fille Sophie et Franck, le cadet.

Aucun de ses enfants n'avaient jamais osé refuser de passer une partie de l'été avec Edwina : c'était tout simplement impossible et ils le savaient tous...

Que dire de cette famille ? Christophe, l'aîné, avait épousé Charlotte, une Française très sympathique et malheureusement, le couple n'avait jamais réussi à avoir d'enfants. Sophie ne s'était jamais mariée et enfin Franck était le petit dernier.

Sylvie, qui ne parlait pas un mot d'italien, avait très vite sympathisé avec Charlotte, totalement bilingue. C'est d'ailleurs elle qui lèvera le mystère de la mort d'Amélie, mais à la fin du séjour seulement.

Sylvie avait très vite remarqué qu'Edwina ne l'aimait pas du tout, même si elle essayait de faire semblant. Elle avait interrogé Christophe à ce sujet, mais il parlait un français approximatif et ne répondait jamais à la moindre question concernant sa famille car c'était une injonction d'Edwina. Elle avait, en effet, interdit à ses enfants de dévoiler la moindre histoire de famille....ce que fera pourtant Charlotte.

Cette dernière avait appris à Sylvie que le père de Franck s'était lui aussi suicidé, en laissant une lettre très brève.

Seule Edwina avait eu connaissance de ce document qu'elle n'avait montré à aucun de ses enfants. Elle affirmait que son mari avait tout simplement écrit qu'il se sentait trop vieux pour continuer à « vivre plus longtemps » et Charlotte avait glissé méchamment à l'oreille de Sylvie : « ....avec une femme telle que la mienne »

Après cette révélation, Charlotte continua son récit et expliqua qu'Edwina avait toujours détesté sa belle-fille, Amélie.

En effet, elle refusait de comprendre comment elle pouvait être la seule à lui avoir donné des petits-enfants, qu'elle n'aimait pas non plus d'ailleurs...

Lorsqu'Amélie s'était suicidée, trois ans plus tôt, elle aussi avait laissé un petit mot. En cachette de sa belle-mère, Charlotte avait traduit cette lettre à Sylvie :

« Je regrette de quitter déjà la vie, mais il m'est impossible d'imaginer, cette année encore, de passer mes vacances en Italie...avec Edwina »

C'était ainsi que Sylvie avait appris la vérité...

De retour en France, elle s'était rapidement détachée de Franck qui n'avait rien compris :

« Je n'ai pas l'intention de quitter ce monde tout de suite... et c'est pourquoi c'est toi que je quitte... » lui avait-elle précisé.

Franck n'avait pas trouvé de réponse.

Penser à l'avenir

Sylvie essayait d'oublier cette histoire, mais elle côtoyait Franck tous les jours dans le cadre de l'entreprise, ce qui rendait la situation délicate.

Six mois plus tard, alors que c'était enfin pour elle l'âge de la retraite, elle avait osé raconter sa relation ratée à ses amies. Elles lui avaient toutes affirmé que sa décision était la bonne et qu'à présent, elle devait uniquement « penser à son avenir ».

Sylvie ne souhaitait pas vivre seule et savait évidemment que les sites de rencontres étaient nombreux. Mais, elle ne se sentait pas capable de se mettre en valeur sur Meetic ou Disons Demain ? ou pire encore « Cougar pour moi ». Elle pensait aussi, à tort peut-être, que les hommes de son âge n'étaient pas des adeptes des réseaux sociaux.

Alors, Geneviève, informée de ses soucis affectifs, lui avait conseillée de répondre aux petites annonces de « Messieurs qui souhaiteraient trouver une compagne ». N'avait-elle pas elle-même rencontré Claude grâce à ce procédé ? Même s'il est vrai qu'elle n'avait pas eu le coup de foudre, à la lecture de son annonce !

Un de ces dimanches où elle se sentait seule, Sylvie avait, pour se distraire, acheté, le journal recommandé par Geneviève.
Une dizaine d'annonces vantaient les charmes de messieurs, cinquante à soixante ans (paraissant moins), cheveux grisonnants, crânes dégarnis ou chauves, yeux marrons, habitant Paris ou l'Ile-

de-France, logé en appartement ou en pavillon, profession libérale ou excellente situation, cadres en retraite ou en préretraite, divorcés ou veufs avec enfants adultes.

Certains cherchaient l'amour-passion, une vie avec art, sérieux et fantaisie, dans un shaker de culture (!) ou plus simplement une belle histoire car il n'était jamais trop tard pour trouver le bonheur dans une relation durable. Si d'autres espéraient rencontrer une femme « féminine » et dynamique, tous la voulaient mince, intelligente, avec de réelles qualités de cœur.

Il y en avait même qui précisaient que les égoïstes, les snobs ou les matérialistes étaient priées de s'abstenir. Certains, plus romantiques, parlaient « de matins câlins sans fin, pour faire vibrer l'âme et le cœur » sans oublier une devise : « construire, protéger, sécuriser ».

Tous promettaient le bonheur à l'élue et... une réponse aux autres.

Sylvie n'avait évidemment jamais appris à rédiger une lettre susceptible d'attirer l'un de ces messieurs qui, conquis par sa prose, l'appellerait et provoquerait « un coup de foudre téléphonique » grâce à leur smartphone.

Alors, après réflexion, elle avait écrit à plusieurs de ces « annonceurs » que certaines lettres étaient faciles à formuler et que d'autres l'étaient moins. Puis, elle insista sur les mots qui l'avaient attirée dans leur annonce (non, il ne s'agissait pas de « leur excellente situation », ni de leur « fortune personnelle ») mais par exemple, de leurs loisirs préférés qu'elle pourrait peut-être partager.

Et, le résultat
dépassa toutes ses espérances.

Contact 1 : Henri entre en scène :

Allô, bonjour Sylvie. Je m'appelle Henri, j'ai reçu votre charmante lettre et souhaiterais vous rencontrer, si vous êtes toujours libre.

- Avant, ne pensez-vous pas qu'il serait intéressant de faire connaissance par téléphone ?

- Ecoutez, je ne suis pas très à l'aise à l'oral. Rencontrons-nous plutôt.

- D'accord. Où souhaitez-vous que nous nous retrouvions ?

- Connaissez-vous le métro Nationale ? Il n'y a qu'une sortie et je vous attendrai là, demain à 18 heures. Cela vous convient-il ? Vous me reconnaîtrez à mon manteau marron et mon écharpe violine.

(Tricotée par maman, je parie.).

Le lendemain, elle l'avait reconnu tout de suite, avec son manteau marron et son écharpe violette, plutôt que violine. Elle avait bien été tricotée par maman, il lui avait confirmé. (D'ailleurs aucun magasin n'oserait proposer un tel accessoire, sauf peut-être une vente de charité, au fin fond de la Creuse, pensa Sylvie instantanément).

Henri lui proposa de prendre une boisson dans un endroit qu'elle trouva sordide : une de ces cafeterias en self-service de certains supermarchés. Sylvie les haïssait pour l'odeur de frites dont les vêtements restaient imprégnés pendant des jours et des jours.

Elle voulait prendre un thé, mais on n'en servait pas. Alors, un jus d'orange, versé dans un verre, pouvait faire l'affaire. A la caisse, Henri constata que le « petit » jus d'orange était au même prix que le « grand ». Il chercha alors un autre récipient plus profond, dans lequel il versa le liquide qu'il compléta à la fontaine (sans même demander l'avis de Sylvie qui allait le boire) Ses manipulations achevées, il régla le prix, ridiculement bas à une caissière peu aimable.

Ensuite, ils cherchèrent une table « à l'abri des regards indiscrets » Bien entendu, ce genre d'intimité, dans ce type de cafeterias, s'avéra introuvable.

A peine assis, Henri expliqua qu'il était sur le point de vendre un appartement, situé dans une vague banlieue, à présent que le marché de l'immobilier s'était fortement relevé. Sylvie précisa immédiatement à son interlocuteur que ce sujet lui était totalement indifférent, car elle n'y connaissait rien.
Il avait pourtant continué son monologue pendant un interminable quart d'heure.

Puis, il avoua à Sylvie qu'il avait reçu plus de cent réponses. Il s'était même senti obligé d'ajouter qu'une de ces lettres était écrite sur du papier parfumé et une autre placée dans une enveloppe rose décorée de petits papillons. Certaines réponses contenaient même de véritables déclarations d'amour accompagnées de splendides photos (et d'innombrables fautes d'orthographe) ....

Il disserta ensuite sur la pluie et le beau temps, sans poser la moindre question à Sylvie qui finit par se lever. Il fallait qu'elle bouge (elle allait aux toilettes, dit-elle) car elle craignait de devenir grossière à force de bayer d'ennui. A son retour, c'était lui qui fit le même chemin et Sylvie en profita pour s'habiller.

Cependant, quand Henri s'aperçut que son interlocutrice s'apprêtait à partir, il lui expliqua qu'il avait encore du temps à lui consacrer.

Il n'avait pas compris qu'elle n'en avait plus.

Exit Henri : il était grand, brun, il portait un manteau marron et une écharpe violine tricotée par maman....

La natation et le vélo pour garder la forme.

Contact n° 2 : cette fois, c'est Jean qui s'intéresse à Sylvie.

Allô. Me voilà : c'est moi, Jean. J'ai bien reçu votre lettre. Vous vous souvenez sans doute de mon annonce....

-Mais, évidemment. (c'est la seule à laquelle j'ai répondu, pensa Sylvie) Pouvez-vous m'en dire un peu plus sur vos occupations et vos loisirs par exemple ? (Je pourrais ainsi retrouver le texte de votre annonce) .

Jean avait continué :
- Je suis retraité mais très actif car il faut se maintenir en forme. Je me lève chaque matin à 6 h 25 très précises et je vais à la piscine pour nager pendant une heure au moins.
- Vous vous levez tous les jours à cette heure, y compris les samedis et dimanches ?
- Oui, car c'est le seul moment où je peux être seul dans la piscine.
(Là, je suis sûre qu'il ne ment pas, avait pensé Sylvie)
- Quelle était votre profession, demanda-t-elle ?
- Je travaille toujours, bien que retraité. En fait, je compose des chansons, paroles et musique, et je joue du piano. Je n'ai pas de voiture, je ne me déplace qu'en vélo pour garder la forme et par souci d'écologie.

(Sylvie n'avait pas pu s'empêcher de rire intérieurement. Pour partir en week-end le vélo c'est pratique, surtout sur l'autoroute. A deux c'est un tandem qu'il nous faut ! Et, c'est lui qui pédale... pour garder la forme.)

J'habite à Montmartre, ce n'est pas loin de chez vous. Nous pourrions peut-être nous rencontrer, qu'en pensez-vous ?

Pourquoi pas ? (Est-ce bien utile se demanda Sylvie?) Où voulez-vous que nous retrouvions ?

- Au métro Gare de l'Est, en tête du train, sur le quai « Porte de Clignancourt » après-demain, à 18 h 30. Je porterai un blouson bleu ciel, un bonnet gris et un pantalon marron.

(Et des pinces à vélo et la bicyclette sur l'épaule, pensa Sylvie....Comment lui dire que notre rencontre ne nous mènera nulle part)

- J'y serai, avait-elle répondu.

Plus tard, elle réalisa qu'elle n'irait pas au rendez-vous. Et puis, elle n'y pensa plus.

La semaine suivante, un message sur son répondeur lui indiquait que Jean avait un empêchement et préférait se décommander. Il la rappellerait plus tard, disait-il.

Sylvie était sûre qu'il avait compris. Mais, elle se trompait : la semaine suivante, le même Jean tenta de la joindre, mais elle resta silencieuse.

Exit Jean : il était brun, peut-être chauve. Il aimait la natation et ne se déplaçait qu'en vélo pour garder la forme.

Arnaud et la maternité

<u>**Contact n° 3**</u> : voici maintenant Arnaud.

Bonjour. Je m'appelle Arnaud. J'ai reçu votre lettre ce matin et vous semblez être exactement la personne que je cherche.

- C'est une bonne nouvelle. ? Vous pensez vraiment ce que vous me dites ?

- Bien sûr, car, comme vous, j'adore le cinéma, le théâtre, les concerts classiques et les vacances à la mer.

- C'est parfait. Etes-vous déjà retraité ?

- Non, pas encore. Je suis photographe et j'adore mon métier. Je possède un magasin sur la Côte d'Azur, où je travaille en été. Le reste du temps, c'est une vendeuse qui tient l'établissement et je descends dans le Sud une fois par mois.

- Vous habitez Boulogne, n'est-ce pas ?

- Oui, pour l'instant, car je loge. chez ma mère. Mon amie m'a demandé le mois dernier, de quitter l'appartement que nous partagions. Mais, nous pourrions peut-être nous rencontrer pour en parler, qu'en pensez-vous ?

- C'est une bonne idée. (on verra bien, pensa Sylvie)

Le samedi suivant, ils s'étaient retrouvés, à la terrasse d'un café proche de la Gare Saint-Lazare. Sylvie était ravie car physiquement, Arnaud était plutôt grand, brun (comme elle les aime) et son visage était lumineux.

A peine assis, il avait pris la parole car apparemment il en avait bien besoin Sylvie l'écoutait avec intérêt alors qu'il lui racontait sa vie, encore et encore.

Il avait vécu, pendant huit ans, avec une femme beaucoup plus jeune que lui, qui voulait à tout prix un enfant.

Six années de tentatives infructueuses et tout à coup, alors que le ménage battait de l'aile, la grossesse tant espérée avait été annoncée.

Arnaud était heureux, sa compagne aussi, mais il sentait qu'elle commençait lentement à s'éloigner de lui. La petite fille, qui venait d'ouvrir ses yeux sur le monde, était ravissante. Mais, ce père était de plus en plus triste car son enfant était littéralement « kidnappée » par sa mère. Elle ne lui permettait pas de s'en approcher, et encore moins, de s'en occuper.

Cet homme ne comprenait pas l'attitude de sa compagne et commençait à se demander s'il était vraiment le père de cet enfant. Il se souvenait que leurs rapports amoureux étaient devenus rares à l'époque et il fut très étonnée d'apprendre qu'elle était enfin enceinte...

Quoi qu'il en soit, leur lien continuait à se détériorer. Finalement la rupture avait eu lieu trois mois après la naissance du bébé et Arnaud n'avait plus jamais revu sa fille. Il précisa même qu'il avait l'intention d'intenter une action en désaveu de paternité car il n'était pas question que l'enfant hérite de ses biens, si elle n'était pas sa fille !

La situation paraissait bien compliquée à Sylvie qui se demandait quelle place pourrait être la sienne, dans cette histoire. Elle-même avait toujours eu horreur des avocats, des procès et des conjoints « d'avant » qui empoisonnent la vie « d'après ».

Arnaud apprit aussi à Sylvie que, pendant son jeune âge, il avait été très amoureux d'une jeune fille qui, elle aussi l'avait quitté dès le début de sa grossesse. Arnaud n'avait plus jamais eu de nouvelles, ni de cette jeune fille, ni de l'enfant.

Sylvie s'avoua sans honte que les problèmes de paternité de ce monsieur la laissaient de plus en plus perplexe. Néanmoins, le personnage était très attachant.

Lorsqu'ils s'étaient quittés sur un quai de gare, Arnaud affirma qu'il partait sur la Côte d'Azur, pendant une dizaine de jours pour affaires, et qu'il l'aurait volontiers mise dans sa valise.

Mais, Sylvie avait répondu que ce voyage lui paraissait prématuré.

Arnaud ne l'avait jamais recontactée et Sylvie non plus.

Serge préfère un endroit tranquille

Contact n° 4 : Serge

Il s'était manifesté par un coup de téléphone matinal, à une heure toutefois raisonnable.

Serge avait, lui aussi, reçu une « splendide » lettre de Sylvie.

Il lui expliqua immédiatement qu'il cherchait le grand amour et qu'il espérait que c'était également son objectif.

Elle lui avoua, sans la moindre honte, qu'elle ne voyait pas bien le rapport entre « petite annonce » et « grand amour ».

Elle avait tenté de lui expliquer pourquoi, mais il n'avait rien voulu entendre et avait proposé de la rencontrer.... à l'appartement (traduire : chez lui !)

« Nous serons ainsi à l'abri de la fumée et du bruit » avait-il suggéré.

Il n'avait pas compris que Sylvie refuse sa proposition et juge préférable de faire connaissance dans un café enfumé et bruyant....

Il lui avait alors suggéré de chercher un endroit sympathique et de le rappeler quand elle l'aurait trouvé.

Bien sûr, Sylvie n'avait rien cherché du tout et ne l'avait évidemment jamais rappelé.

Lui, non plus d'ailleurs.

Exit Serge. Il était ingénieur, il habitait le quinzaine arrondissement de Paris et cherchait le grand amour.

Hervé, Gaspard, et Denis.

Contact n° 5 : Hervé

Sylvie avait reçu une lettre charmante d'un monsieur qui accusait réception de sa correspondance et lui avouait que sa situation financière n'avait rien « d'aisé ».

En effet, il touchait une petite retraite, qui lui permettait tout juste de vivre et il ne pouvait donc envisager « d'entretenir » sa compagne. Qui lui avait donc demandé ?

Il avait publié une annonce « mensongère » disait-il pour recevoir de nombreuses réponses.

Elle n'avait jamais su évidemment si ce monsieur avait atteint- ou pas - son but

Contact n° 6 : Gaspard :

Cette fois-ci, c'est un certain Gaspard qui prend contact avec Sylvie, un de ces matins brumeux.
« Bonjour, j'espère que je ne vous dérange pas. Je viens de lire votre lettre et me demande si vous pourriez me donner quelques informations supplémentaires ?

Sans attendre la réponse, il interroge Sylvie :

- Pouvez-vous me confirmer que vous habitez bien Paris intra-muros

Sylvie ne répond pas immédiatement. Gaspard continue par une seconde question :

- Etes-vous propriétaire de votre appartement ?

Cette fois, elle répond positivement, tout en se demandant le pourquoi de cette question.

L'interrogatoire continue :

-Pouvez-vous me préciser la taille de votre logement ? Est-ce un studio, ou un deux pièces et quelle est la superficie de l'ensemble ?

Cette fois-ci, c'est Sylvie lui rétorque :

-Si vous êtes mandaté par une agence immobilière, sachez que mon appartement n'est pas à vendre. Dans le cas contraire, pour-quoi cette question ?

Gaspard reprend alors la parole :

-Je ne voulais pas vous fâcher ni être indiscret, mais je suis dans une situation difficile. Mon amie actuelle vient de me demande de quitter son logement le plus vite possible. Je souhaitais retourner vivre chez ma mère mais elle refuse de m'accueillir et je dois donc trouver très rapidement un logement.

-Je suis désolée mais je ne peux pas répondre à votre demande. Je vous souhaite bonne chance.

L'histoire s'était arrêtée là.

Contact n°7 : Denis

Sylvie avait rencontré également, par un doux soir d'été, un De-nis qui était fonctionnaire. Sa voix, très agréable au téléphone, lui avait donné envie de le voir. Il était brun, svelte, un peu plus jeune qu'elle et il lui plaisait. Elle supposait qu'il pouvait y avoir une suite.

Effectivement, lorsqu'ils s'étaient séparés, sur un quai de mé-tro, il lui avait demandé poliment, s'il pouvait se permettre de la rappeler. Elle lui avait avoué que tout le plaisir serait pour elle.

Il ne l'avait cependant jamais rappelé.

C'était Sylvie qui lui avait laissé, en vain, un message sur son répondeur.

C'était, ce jour-là, que Sylvie s'était sentie prête à faire une « pause » dans sa « quête de l'amour par petites annonces » car elle n'y avait jamais vraiment cru...

François, retraité de l'armée

Et, un mois plus tard, Sylvie et Carole avaient prévu de déjeuner ensemble..

Sylvie arrive la première et choisit une table en terrasse, à l'abri d'un parasol. Autour d'elle, quelques touristes en short, peu de costumes et pas de cravates : il fait très chaud, en ce long week-end du quatorze juillet.

Quelques minutes plus tard, voici Carole, le sourire aux lèvres. :

- « Je suis ravie de déjeuner avec toi aujourd'hui, car je suis sûre que je peux t'aider dans tes recherches.
En effet, un de mes anciens voisins -il s'appelle François- a récemment déménagé à Versailles Sa femme l'a quitté il y a cinq ou six ans et, à ma connaissance, il est toujours seul. Il doit être dans nos âges. Veux-tu que je lui donne tes coordonnées ?
- Pas de problème. Que sais-tu de lui ? Travaille-t-il encore ?
- Je suis sûre qu'il est retraité de l'armée, mais je ne sais plus quel poste il occupait.
- L'armée ? Crois-tu qu'il soit compatible avec mes idées ?
- Franchement, je ne peux pas te le dire. Rencontre-le et tu verras bien s'il te plait- ou pas. Après, il sera toujours temps d'aviser.
- Je crois que tu as raison.
- O.K. Je l'appelle ce soir en rentrant.
Le repas n'était pas terrible. Mais, nous avons pu profiter d'une très belle table en terrasse et à l'ombre !
Bonne chance à toi et tiens-moi au courant.... avait précisé Carole.

Le lendemain soir, le téléphone sonne :

« Allô, Sylvie. Nous ne nous connaissons pas encore. Je suis François, un ami de Carole. Elle vous a parlé de moi hier, n'est-ce pas ?

- En effet. Vous demeurez bien à Versailles ?

- Oui. Carole vous a-t-elle dit que j'ai exercé mon activité professionnelle dans l'armée pendant plus de trente ans ?

- Oui. Alors, vous avez sans doute beaucoup voyagé ?

- Détrompez-vous. Je n'ai jamais quitté l'Hexagone car j'ai toujours travaillé dans les bureaux.

- Vous avez évidemment déserté la France pour vos vacances, comme tout le monde ?

- Je vais vous étonner. Mais, je suis allé une seule fois en Belgique, il y a vingt ans. A part ça, je ne connais que la France.

- Vous parlez une langue étrangère ? L'Anglais, peut-être ?

- Non. Et ma femme non plus. C'est sans doute la raison pour laquelle nous avons si peu voyagé.

Et puis, je suis le père de trois enfants, deux fils et une fille, qui sont adultes maintenant.

- Comment occupez-vous vos loisirs ?

- Je sors très peu car j'ai horreur de sortir seul.

- Vous n'allez jamais au cinéma, au théâtre, au restaurant ?

- Non. Je prends tous mes repas au mess des officiers. où j'ai mes habitudes. Je rencontre toujours les mêmes personnes, surtout des hommes, avec lesquels je bavarde de temps à autre.. Mais, je ne me rappelle pas la dernière fois que je suis allé au cinéma.

- Vous êtes divorcé depuis cinq ou six ans, maintenant, n'est-ce pas ? Et comment s'est déroulée votre vie pendant tout ce temps ?

- Mes deux fils ont décidé de vivre avec moi, tandis que ma fille est restée avec sa mère. Je me suis occupé d'eux pendant quatre ans, jusqu'à ce que, l'un et l'autre, s'installent avec une amie. Puis, j'ai pris ma retraite de l'armée après trente ans de service. Aujourd'hui, pour combler ma solitude, je suis bénévole dans une association caritative.

Cependant, je souhaiterais refaire ma vie, comme on dit.... J'en ai parlé à Carole, la dernière fois que je l'ai vue...

Mais, nous pourrions peut-être nous rencontrer. ? Vous me posez des tas de questions, mais ne me dîtes rien, remarqua François.

- En effet, pourquoi ne pas faire connaissance ?

On peut se retrouver où vous le souhaitez et à l'heure qui vous convient, car je suis retraitée...et libre de mon temps, avait répondu Sylvie

- Dans ce cas, venez me chercher à la Gare Saint-Lazare, demain soir, vers 17 h, si cela vous convient.

Le lendemain, à l'heure dite, Sylvie voit de loin un homme qui descend d'un train. Elle est sûre qu'il s'agit de François et constate deux minutes plus tard qu'elle ne s'était pas trompée. Il est svelte et son visage lui semble exprimer une certaine douceur
(Pas mal physiquement, Carole avait raison... se dit Sylvie.)

« Je pense que vous avez fait bon voyage. En tout cas, votre train était à l'heure.
Et, si on allait boire un verre quelque part ? Dans le quartier, il y a plusieurs brasseries très agréables, où l'on pourrait même dîner, si vous le souhaitez, avait proposé Sylvie.
-Je vous suis. C'est vous la Parisienne. On va où vous voulez !»
Cette petite phrase avait agacé Sylvie et elle ne savait pas bien pourquoi. Elle ignorait alors qu'elle l'entendrait sans cesse.....

Quelques heures, plus tard :
-Ce dîner était excellent, et le cadre discret. Voulez-vous que je vous raccompagne ? avait proposé François
Sylvie avait accepté. Elle le remercia et ils se séparèrent devant son immeuble

Ils décidèrent de se revoir le lendemain.

Cette deuxième soirée ensemble s'était déroulée, dans une ambiance fort sympathique. François, galant, avait réglé l'addition. Sylvie précisa qu'elle souhaitait rentrer seule cette fois-ci, pour lui éviter de rater le dernier train, comme la veille.

- Je viens te chercher demain, si tu veux, affirma François.
- Demain soir, je ne suis pas libre. J'avais déjà prévu ma soirée avant de te connaître.

Mais, si tu veux, nous pouvons nous retrouver après-demain et faire des plans pour le long week-end du quinze août, qu'en penses-tu ?

- C'est une excellente idée : on va où tu veux et on fait ce que tu veux...affirma François

(Toujours cette petite phrase que Sylvie supporte si mal)

Et, en ce quinze août, il faisait un temps splendide.

« Exactement, le temps idéal pour être au bord de la mer, et non dans la fournaise parisienne » pensa Sylvie.

Mais, ce week-end prolongé allait peut-être lui permettre de rencontrer enfin « l'homme de sa vie » De plus, elle était ravie de constater que son charme opérait toujours ! »

Après le diner, Sylvie proposa à François de venir « visiter son appartement » Elle était convaincue qu'une belle histoire commençait.

Et, effectivement, François était sympathique, très attachant, et attentif aux moindres désirs de Sylvie Elle obtenait tout ce qu'elle espérait, sans quelquefois même avoir à le formuler. Elle n'avait jamais connu une telle situation et ravie, elle se sentait déjà aimée et valorisée. Quel bonheur de compter enfin pour quelqu'un !

Une semaine plus tard, Sylvie avait cependant constaté, à plusieurs reprises, que François ne prenait jamais aucune initiative (sa carrière dans l'armée, peut-être). Elle devait tout planifier seule. La moindre de ces suggestions, dans n'importe quel domaine, amenait toujours la même réponse :

« On va où tu veux, ma chérie ».

Sylvie qui, avait été agacée par cette phrase, dès le premier jour, était sûre qu'elle finirait par disparaitre. Or, ce ne fut pas le cas

Elle avait finalement compris que si elle cherchait un compagnon de route, François pouvait sans doute faire l'affaire.

Mais, elle devra tout prendre en charge : elle aura le fils qu'elle n'avait jamais enfanté ! Elle était sûre de ne pas vouloir vivre ce type de situation...

De plus, elle craignait réellement de s'ennuyer, avec un conjoint qui n'avait jamais osé quitter la France et qui ne fréquentait aucune salle de spectacle

Pourtant, son père lui répétait souvent, quand il été encore sur notre terre, que « la vie n'était pas une partie de plaisir... ». Et, s'il avait raison ?

Une semaine plus tard, François avait expliqué à Sylvie qu'il serait heureux de s'installer chez elle, car il était locataire de son appartement et ne souhaitait pas renouveler son bail. Il promettait qu'il déjeunerait souvent au mess des officiers, afin qu'elle ne soit pas obligée de cuisiner tous les jours...

Cette histoire d'amour commençait à ressembler étrangement à la « vie conjugale » que Sylvie avait naguère quittée.

Et, c'était un soir où, comme un vieux couple (ils se connaissaient depuis un mois) ils avaient regardé la télévision ensemble pour la première fois....

Ce jour-là, la police avait forcé les portes d'une église ou s'étaient réfugiés des « sans papiers ». Et la discussion avait dérapé...

« Il faudrait des militaires au pouvoir et des situations comme celles-là n'arriveraient jamais » avait affirmé François !

C'était la goutte d'eau qui avait fait déborder le vase....

Sylvie s'était mise réellement en colère et était devenue odieuse. Elle se moquait totalement des « sans-papiers » ce soir-là, mais elle venait de comprendre qu'elle n'avait aucune envie de vivre avec François (celui qui avait passé tant d'années dans l'armée)

Et l'histoire s'était arrêtée là. Sylvie appela Carole qui avait parfaitement compris la décision de son amie.

La moisson recommence et elle est dense

Acte I : Un pharmacien suisse, un retraité corse et Nathan

C ette histoire enfin classée, Sylvie se demandait à présent, comment faire pour rencontrer vraiment un compagnon susceptible de lui plaire.

Devait-elle recommencer ses recherches et comment ?

Ses amies la pressèrent, une fois de plus, de passer elle-même une petite annonce dans un hebdomadaire de son choix, puisqu'elle refusait toujours d'utiliser les « réseaux sociaux ».

Elle n'arrivait toujours pas à faire la démarche. Pour elle, aucune femme n'annonçait qu'elle était seule et espérait dénicher l'homme de sa vie.... en passant une petite annonce. De plus, elle ne savait toujours pas comment rédiger ce genre de « littérature ».

Mais, après une longue réflexion, son tempérament actif s'était enfin réveillé et elle avait finalement inséré sa petite annonce dans son hebdomadaire préféré. Le bonheur se trouvait peut-être au bout du chemin....
Le surlendemain, elle avait reçu une lettre fort attrayante d'une dame, qui ne se recommandait pas d'une agence, mais proposait ses services, moyennant finances, pour l'aider à trouver le compagnon idéal. Elle précisait que son fichier était déséquilibré, dans la

mesure où il comptait plus d'hommes que de femmes. Elle ajoutait que cet argument pouvait passer pour commercial, mais que l'information était tout à fait exacte.

Sylvie s'était dit tout simplement que lorsque cette dame écrivait à un homme, son fichier était toujours déséquilibré....mais évidemment dans l'autre sens !

Et puis, la moisson avait commencé ou plutôt recommencé.

C'était ainsi qu'elle était entrée en contact avec un pharmacien suisse. Elle pensait que son objectif était de prendre sa retraite en France et qu'il cherchait tout naturellement une compagne. Mais, il n'en était rien.

En fait, ce monsieur expliqua à Sylvie qu'il venait très souvent à Paris et souhaitait loger ailleurs que chez sa mère ou sa sœur. Il n'avait nullement l'intention de quitter la Suisse, mais cherchait une petite amie qui pourrait le recevoir chez elle de temps en temps...

Il suggéra même à Sylvie, si elle était intéressée, de lui envoyer une photo d'elle....

Cet autre homme-là, qui voulait entrer dans la vie de Sylvie, était corse.

Retraité, il souhaitait vivre l'hiver à Paris et l'été en Corse.

Il lui avait expliqué clairement qu'il avait un pied-à-terre à Paris mais qu'il ne voyait aucun inconvénient à partager l'appartement de sa compagne en hiver (ce qui lui permettrait d'économiser un loyer) et, en échange, il l'inviterait à venir passer ses week-ends en Corse, pendant l'été.

Sylvie s'imaginait parfaitement jouant les cadres TGV (ou plutôt Air France), de Pâques à la Toussaint. Elle s'envolerait dans un hypothétique avion pour la Corse, tous les vendredis, après s'être « décontractée » dans les éternels bouchons parisiens.

Elle avait promis de réfléchir et de le rappeler.

Ce Nathan-là lui avait donné rendez-vous au Café de la Paix. Il ne cessait de parler de son divorce et de ses enfants ainsi que de la fortune personnelle qu'il avait perdue.

Propriétaire de trois superbes appartements dans Paris, il avait été obligé de les vendre pour effectuer le partage avec son épouse

Il habitait à présent, en location, dans une chambre de bonne au quatrième étage d'un immeuble sans ascenseur ! Comment, avec la vente de ses trois superbes appartements, n'avait-il pas réussi à financer le sien ? Cette histoire semblait étonnante ...

Mais, Sylvie n'était pas au bout de ses surprises concernant ce monsieur.... qui l'invita à prendre un verre dans un café renommé de la capitale.

Nathan avait expliqué qu'un de ses fils était grand reporter et le second pilote de ligne. (traduire steward).

Quant à ses filles, l'une venait de s'acheter une boutique de vêtements rue de la Pompe (traduire : elle est vendeuse) et l'autre travaillait dans le milieu médical. Cette phrase, peu claire, méritait un éclaircissement et Sylvie lui avait demandé de préciser. En fait, sa fille « organisait les activités d'un centre médical » (traduire : elle est standardiste et note les rendez-vous des médecins)

Le personnage était de plus en plus intéressant. Mais, Sylvie n'avait pas encore tout entendu.

Elle demanda à Nathan de la raccompagner chez elle, puisque que les transports en communs ne fonctionnaient plus à cette heure bien tardive.
« Je n'ai plus de voiture, avait-il avoué. Je l'ai laissée à mon fils. En effet, j'ai été flashé, deux fois de suite dans la même nuit, par un radar. Je roulais à plus de cent cinquante kilomètres à l'heure et mon permis m'a été retiré....

(A ce stade, il y avait deux hypothèses impossibles à vérifier : il ne payait pas les traites de sa voiture et elle lui a été enlevée, ou, plus simplement, il n'avait pas de voiture, parce qu'il n'en avait pas les moyens.)

Sylvie commanda un taxi et fut ravie de se retrouver seule chez elle, ce soir-là.

Acte 2 : Auguste, André et les autres :
Voilà une lettre courte et mal rédigée d'un certain Auguste qui avait joint à sa correspondance une photo de lui en maillot de bains. Cette idée était sans doute très drôle mais, Sylvie fut très gênée par cet homme qui cherchait à se promouvoir comme un paquet de lessive. Elle contemplait cette photo avec un mélange de pitié et de dédain.

Elle n'appellera jamais cet André, qui lui avait envoyé une superbe photo avec son numéro de téléphone au verso.
Sylvie avait aussi laissé, au fond d'un tiroir, une missive courte, mais diablement bien écrite. Elle l'avait oubliée, là, car il s'agissait d'un lointain banlieusard qui se prénommait André.
Et elle avait reçu une autre dizaine de lettres qu'elle n'avait pas ouvertes....car elle s'était lassée très vite de ces lettres, suivies de longues conversations téléphoniques stériles ou de ces rencontres qui n'apportaient finalement rien, sauf un réel sentiment de vide.

Elle ne voulait plus connaître ces histoires dont on sait d'avance qu'elles ne mèneront nulle part, mais qui comblent, provisoirement du moins, un coin de solitude et un abîme sentimental.

Elle savait aussi maintenant que ni la solitude ni l'ennui ne saurait être un prétexte à une histoire d'amour. Ce que tous ces hommes lui avaient permis de comprendre c'était que l'amour, ne pouvait pas être un antidote à l'ennui qui peuple quelquefois chacune de nos vies.
Alors, elle avait décidé de s'arrêter de chercher....

Quelques six mois plus tard, elle avait rencontré par hasard, un homme divorcé, un peu plus âgé qu'elle.
Après quatre années de vie commune, ils avaient décidé de se marier.

Quelques citations
d'hier et d'aujourd'hui

Un sondage d'opinions chez les jeunes de moins de vingt-cinq ans: « Pouvez-vous dire ce qui est le plus important pour vous et votre avenir ?»
Réponses dans l'ordre : les loisirs, la famille et le travail...

Aucun adulte n'a expliqué à ces jeunes, qu'en l'absence du troisième facteur, le travail, les deux autres auront du mal à se concrétiser....

La grand-mère et le petit-fils :
"Tu sais, mon petit, à ton âge, je travaillais déjà.
- Je sais, mamie, mais moi, à ton âge, je travaillerais sans doute encore".

La politique, c'est l'art d'empêcher les gens de se mêler de ce qui les regarde (Paul Valéry)

Le malheureux c'est « celui à qui tout arrive » et le chanceux c'est celui « qui arrive à tout ».

Quand on est privé de ce dont on n'a pas envie, la privation n'est pas bien douloureuse.

Les hommes naissent libres et égaux Dès le lendemain, ils ne le sont plus (Jules Renard)

Enfin, une jolie citation en Anglais :

Yesterday was history
To-morrow will be mystery
And that is why the PRESENT is a gift

SOMMAIRE

OOOO
OOOO
OO
o